变异

THE VARIATION

何涛 著

江苏凤凰文艺出版社
JIANGSU PHOENIX LITERATURE AND ART PUBLISHING

图书在版编目（CIP）数据

变异 / 何涛著. -- 南京：江苏凤凰文艺出版社,
2020.11

ISBN 978-7-5594-4354-0

Ⅰ. ①变… Ⅱ. ①何… Ⅲ. ①幻想小说—中国—当代
Ⅳ. ① I247.5

中国版本图书馆CIP 数据核字（2019）第300188 号

变异

何涛 著

出 版 人 张在健
责任编辑 王昕宁
特约编辑 刘 柳
装帧设计 **UNLOOK** · @广岛 Alvin
责任印制 刘 巍
出版发行 江苏凤凰文艺出版社
南京市中央路165 号，邮编：210009
网 址 http://www.jswenyi.com
印 刷 三河市中晟雅豪印务有限公司
开 本 880 × 1230 毫米 1/32
印 张 8.25
字 数 300千字
版 次 2020 年11月第1版
印 次 2020 年11月第1次印刷
书 号 ISBN 978-7-5594-4354-0
定 价 39.80 元

目录

序　章

女人睁开了双眼。

一只口罩严严实实地覆在脸上，眼前绿波荡漾。透过水波，只能隐约看到上方有一面高分子防护罩，她似乎身处某种密封舱之中。

几秒钟后，防护罩无声滑开。红光闪烁，刻板呆滞的电子声刺透水波，在女人耳边重重回荡，“一号备用躯体激活成功，血压正常，呼吸正常，心率正常，准备排空营养液。”

淡绿色的液面迅速下降，视野由朦胧变得清晰，女人从茧型密封舱内坐起了身。

女人低下头看了看，她身上光溜溜的，未着寸缕。口罩被抽离，鼻腔中隐约残留着一丝丝辛辣，女人深吸一口气，随即伏在舱边咳嗽起来。

这是什么地方？发生了什么？我怎么会在这里？女人擦去唇边挂着的一缕黏液，心中疑惑不解。她最后的记忆是一场酒会，觥筹交错，一位年轻的意大利人略带拘谨地和她搭讪，但一时想不起别的什么。

女人抬起头望向四周。天花板上的红光并不亮，望出去略显朦胧，但能看清这个房间并不算太大，布置简洁，与记忆中的实验室很像。

房间里共有十个茧型舱，浅灰色，分为两列，她所在的茧型舱只是其中之一。女人留意到，除了她身下的茧型舱外，对面也有一个茧型舱已经打开，但里面空荡荡的，看不到人影。

女人侧身跨出茧型舱，小心翼翼地向前迈出一步。地板很凉，她的后背泛起了一股寒意。女人原地站了一会儿，犹豫着走向附近的茧型舱，低头看去。

透过防护罩，她看到一个女子在淡绿色的营养液中闭目沉睡。拖着氧气管的口罩遮住了女子的大半张脸孔，只能看得出沉睡中的女子是一位身材惹火的金发美人。

一缕湿漉漉的金发从颊边垂落，遮住了视线，女人随手拨开发丝，然后微微一愣。奇怪！她记得自己的头发黑得发亮，怎么变成了金黄色？

女人凑近防护罩。光洁的高分子防护罩上映出了一张脸孔，高鼻梁，深眼窝，薄嘴唇，瞳孔似乎是蓝色，如同阳光下的海水。

那不是她自己的脸！女人后退一步，倒抽了一口凉气。

女人僵立片刻，又走向第三个茧型舱。里面仍是那位金发美人，第四个，第五个……每一个茧型舱里都是同一位女子。

这到底是什么状况？心跳在不断加速，似乎随时都会从口腔中跳出来。女人攥紧双拳，勉强压下了一声即将夺喉而出的尖叫。

“感觉怎样？亲爱的。”一个温和又熟悉的声音在背后响起。

女人愣住了。股股暖流从胸腔涌向四肢，急速飙升的肾上腺素又渐渐恢复正常，女人紧绷的身体缓缓放松。

女人记得这个声音，那是她平生唯一的挚爱。

第一章

祸从天降

十岁的小纳瓦罗是个快乐的孩子。

纳瓦罗的家很穷，穷到他一年到头都没有新衣服穿。在纳瓦罗记忆中，儿时他很少穿衣服，几乎每天都和伙伴们光着屁股在外面乱跑。

小纳瓦罗只有三件外出时能穿的衣服，其中两件来自世界另一头某位不知名的捐赠者；另一件原本是他爸爸的，因为破损太厉害，妈妈就拿来裁剪修改一下，然后给了纳瓦罗。

家里并非只有纳瓦罗一个孩子，他还有两个弟弟和一个妹妹，爸爸妈妈没有那么多钱给每个孩子都买来新衣服。事实上，不止他们家，整个村庄都很穷，村民们都住在铁皮和茅草做的房子里。小纳瓦罗不知道村子里哪户人家有钱，所有的邻居都和他们家差不多。

从出生至今，小纳瓦罗在村子里只见过三次穿着漂亮新衣服的人。一次是联合政体派来的医疗队，另两次是来自遥远国度的外国志愿者，他们带来了美味可口的巧克力，还有更加美味可口的蜂蜜奶茶。

自从外国志愿者走了以后，村里就没了学校，纳瓦罗小小年纪就要像大人一样去干活，经常累得腰酸背疼。因为要照看弟弟和妹妹，妈妈没法出门工作，能帮忙干活的只有纳瓦罗。

但是，以上这些原因并不能妨碍小纳瓦罗的快乐。他就是喜欢笑，喜欢蹦蹦跳跳。天边一朵漂亮的云彩，路边一朵不知名的小花，都能让小纳瓦罗快乐地哼唱起来。

今天，纳瓦罗又像往常一样背上箩筐，叫上几个要好的小伙伴，一起去河边摸石头。爸爸说过，摸来的石头很值钱，能换许多许多新衣服和吃的东西。当然，随便捡来的石头不算数，只有能透光的那种彩色石头才可以。村里的邻居们都知道，那种石头叫作——宝石。

成年人并不去河边，他们要拿着铲子在地下挖石头，每天早上出门，太阳沉到地面才会回家。晚上，村民们常常把挖到的和在河边摸到的石头收集在一起装进口袋，等到第二天，再拿到几十公里外的伊拉卡镇去出售。

伊拉卡镇空气很糟，那是一种混杂着烧烤、汗臭、香水、尿液和粪便的气味，有些让人反胃，但并不妨碍纳瓦罗对镇子的向往。小纳瓦罗最喜欢跟着爸爸去伊拉卡镇，那里有好多穿着新衣服的外国人，白皮肤、黄皮肤、黑皮肤都有。听爸爸说，那些人来自世界各地，目的就是购买本地人挖出来的石头，再运到世界各地，然后加工成各种好看的装饰品戴在身上。

伊拉卡镇非常热闹，每次去都能看到许多人，柏油路两边的店铺一间挨着一间，大都挂着石头收购招牌，当然也有不少本地人在街头摆摊兜售。几乎每一间石头收购处的铁栅栏外都挤着好多本地村民，他们争抢着把装满石头的口袋递进窗户，外国收购商很淡定地把石头倒在桌子上，鉴定完成色并称过重量，再递出来几张纸币。

每次把石头换成钞票，爸爸就会笑得非常开心，小纳瓦罗也很开心，因为爸爸每次换到钱就会给他买一两块巧克力或别的东西。

那是一段好日子，可惜没能持续多久。现在，彩色石头越来越不容易摸到了，爸爸他们原来挖石头的地方已经建起了高高的围墙，所有本地人都不许靠近。小纳瓦罗和伙伴们偷偷去看过，围墙外经常站着几名背着长枪的士兵，有时甚至能看到装着钢铁滚轮和大炮的“机器人”。和别的孩子一样，小纳瓦罗也很害怕那种“机器人”。

听大人们说，政府把挖石头的地方卖给了外国公司，只有他们才有什么“开采权”。爸爸和别的村民没有办法，只好换地方去挖，可是常常什么也挖不到，总是两手空空回家，倒是小纳瓦罗偶尔还能在河边摸到几块石头。

伊拉卡河距离村庄并不远，河道不宽，河水最深处勉强能漫过纳瓦罗的肚皮。小纳瓦罗通常站在齐膝深的河水里，用箩筐在水底舀起一大堆泥沙和石块，再用河水淘去泥沙，然后在那些大大小小的石块里慢慢挑拣。

今天纳瓦罗运气不错，不到中午就摸到了两块彩色石头，其中一块足有鸽子蛋那么大。石头越大越值钱，每一位本地人都知道。纳瓦罗记得奇莎阿姨曾摸到过一块大石头，据说值好多好多钱，可惜还没来得及卖掉就被黑帮分子抢去了，奇莎阿姨还差点被砍掉脑袋。

这块大石头应该能值很多钱，能换回很多新衣服和巧克力。小纳瓦罗抑制不住内心的兴奋，开心地唱起了歌。伙伴们一无所获，先后闷闷不乐地离开了，不知不觉中，河滩上只剩下纳瓦罗一个人。

兴奋劲过去之后，小纳瓦罗听到自己的肚子发出“咕咕”的叫声，这才想起还没吃午饭。纳瓦罗拍拍肚皮，又抬头左右看看，伊拉卡河西岸那颗高大的金合欢树已经遮住了阳光。

时候不早了，再待下去也不会有什么收获，小纳瓦罗决定回家去。他倒掉箩筐里的泥沙，很精明地把两块石头分别塞进两只鞋子里，然后把鞋带绑紧。伊拉卡镇有很多游手好闲的黑帮分子，他们自己既不去挖石头也不去摸石头，而是拎着长枪和砍刀到处游逛，专门抢劫别人。村子里很多人都被抢劫过，包括纳瓦罗在内。

这双鞋还是爸爸在伊拉卡镇买给纳瓦罗的，到现在还和新的差不多，因为纳瓦罗只有在摸到石头之后才会穿着它走回家去，平时从来不穿，即使去伊拉卡镇他也是光着脚。小纳瓦罗只有这一双鞋，他不舍得穿，那些黑帮分子搜身并不仔细，鞋子就是他专门用来藏石头的。

小纳瓦罗把空箩筐顶在头上，哼着歌开始往家走，石头硌得脚丫生疼，但他毫不在乎。那块大石头可以换来很多钱，多到能给全家人都买来巧克力和新衣服，想到这些，就足以让纳瓦罗忘掉一切烦恼。

红日西沉时分，高高矮矮的茅草房出现在前方，快到家了。

暮色里的村庄一片静谧，看不到袅袅升起的炊烟，也听不到伙伴们嬉笑打闹的声音。好像和平常不太一样，但满心喜悦的小纳瓦罗没有留意到这小小的异常，仍旧哼着歌儿往家走。

鼻孔中萦绕着一股香香甜甜的气息，像是蜂蜜奶茶的味道，但比蜂蜜奶茶更好闻。难道谁家在做好吃的？纳瓦罗抬起头深深地嗅了几下，却没能搞清楚香味来自何方。

从村口阿布家的茅屋前走过时，纳瓦罗看到了一件怪事：阿布仰面朝天地躺在门口，双眼紧闭，像是昏倒了。

“阿布，你怎么了？”纳瓦罗吓了一跳，急忙丢掉箩筐跑到伙伴身边，用力摇动阿布的身子。阿布一动不动，没有任何反应。纳瓦罗转头向茅屋里看去，发现阿布的妹妹和妈妈也倒在屋子里，同样昏迷不醒。最为奇怪的是他们脸上都带着一丝微笑，像是在做一个甜美的梦。

难道他们生病了？小纳瓦罗放开伙伴站起身，想尽快回家把这件事告诉爸爸妈妈，但刚走出不远，就又看到几个村民歪倒在自家的茅屋外。和阿布的情况一样，每个人脸上都带着那种让人害怕的笑。

“你们怎么了？有人醒着吗？爸爸，妈妈，有人听到我说话吗？”纳瓦罗提高嗓门，试探着叫了几声。收不到任何回应，整个村庄沉浸在一片不详的寂静之中，死气沉沉，似乎所有的村民都陷入了昏迷。

冰凉的寒气从背后蹿起，纳瓦罗不禁浑身发颤。如果不是石头把脚丫硌得生疼，他真的会怀疑自己到底是不是在做梦。

小纳瓦罗踉踉跄跄地向前走，如同梦游。所过之处，每一间茅屋外或茅屋内都能看到倒在地上的村民，没有例外。

前所未有的恐惧牢牢地攥住了小纳瓦罗，他哆哆嗦嗦地脱掉鞋子，撒开腿往家跑，连那块最值钱的大石头也忘了拿。纳瓦罗现在什么也顾不上，他只想知道爸爸妈妈和弟弟妹妹们是否平安无事。

跑到自家的茅草屋外，纳瓦罗不由自主地停下了脚步，他看到了爸爸和妈妈。和邻居们一样，爸爸妈妈也昏迷不醒，妈妈怀里还抱着纳瓦罗的小妹妹。

“爸爸！妈妈！”小纳瓦罗梦呓一样叫了一声，然后软绵绵地倒在了地上。

世界变黑了。

第二章

猎手归来

夜色深沉，无星无月，参差不齐的建筑矗立在漫无边际的黑暗中，看上去颇为阴森。

这似乎是个圈套。端木重甲盯着夜色中的厂房，有点犹豫不决。那些厂房废弃已久，既没有门板又没有窗户，墙壁上只遗留着一排排黑黝黝的洞口。

重甲戴着一副智能眼镜，能分辨出方圆500米内最细微的动静。他已经观察了将近五分钟，没有发现异常，但直觉告诉他，前面很危险。重甲相信自己的直觉，这种直觉不止一次救过他的命。

目标就在厂房里面，重甲能看到对方躺在一张破旧的长沙发里，似乎已沉沉睡去。这家伙叫作犬养孝行，是一名作恶多端的变态杀人狂，先后杀害了三十多名女性，其手段凶残至极，足以让看到凶案现场的人把隔夜饭都吐出来。

犬养孝行既谨慎又狡猾，警方通缉他许久，却始终未能将其抓获，为追踪这个该死的混蛋，重甲也足足花费了半个多月的时间。

厂房内空空荡荡，所有设施早已全部拆除。长沙发前方不远处凌空悬吊着一位身材娇小的裸体女子，应该是被犬养孝行掳来的猎物。按智能眼镜给出的信息，那女子还活着。

逃命之中居然还不忘发泄兽欲！重甲感觉一股怒火在胸中隐隐升腾。半个多月来，这是重甲第三次见到犬养孝行绑架的女人了。严格来说，之前重甲见到的只是两具残缺不全的尸体，这名女子之所以活着，只能解释为犬养还没来得及对她加以折磨。

先折磨玩弄，厌倦之后再杀害猎物，这是犬养孝行的一贯作法。对于重甲来说，这种行为和杀害毫无反抗能力的婴儿一样，卑劣到不可饶恕。

不过，怎么总感觉这是一个圈套呢？犬养沿途作案，简直像是在故意给重甲留下线索，以引诱他来追赶。

重甲把智能眼镜的分辨率调到最高，又左右张望一阵，仍然未能发现任何可疑迹象。

我什么时候变得这么优柔寡断了？或许并没有什么圈套，犬养根本就不知道有人在追踪他。沉思片刻，重甲略带自嘲地笑了笑，拔出灰熊手枪，从隐藏点直起身子，向夜色中的废弃厂房走去。

端木重甲又成了一名赏金猎手。

这是没有办法的事，“猎户座计划”被无限期搁置，为了生活，重甲不得不重操旧业。

重甲原本已经报名参加木卫二移民计划，为此，他还和另外两千多名志愿者一起接受了将近两年的培训。虽说培训的目的不是让移民们成为宇航员，但必要的知识还是不可或缺的。如医学常识、救护技术、天文学、地质学、气象学、大气物理、飞行力学、计算机学、无线电导航、火箭和航天器构造等，此外还包括了重甲最为擅长的各种体育训练项目。

原计划培训时间为三年，实际上仅进行了不到两年，移民计划就被迫中止，培训也不了了之。

原因每一个人都很清楚，支持“猎户座计划”的大都是科学家和环保主义者，而普通民众对这个耗资巨大的计划并不感兴趣。政界和新闻媒体都喜欢拿移民计划说事，经常有议员跳出来表示反对，声称“猎户座计划”纯粹是浪费金钱。在媒体和政客们的极力煽动下，民众的不满情绪与日俱增，世界各地先后爆发了数十起反对太空移民的游行示威活动。迫于舆论压力，各联合政体先后撤资，计划委员会只得宣布“猎户座计划”无限期搁置。

培训终止后，志愿者们各奔东西，重甲也返回了中州市，继续做赏金猎手来养活自己。

近三年来，重甲再也没有见过龙心兰，也没有听到过关于她的任何消息。在粉碎欧文博士的“进化”计划之后①，那位神秘的性感女子仿佛就人间蒸发了。但重甲明白，龙心兰是星球安全理事局高级探员，不能频繁出现在公众面前，或许她只是换了身份，在执行另一项秘密任务。

300米，200米，100米……距离不断缩短，犬养的姿势却毫无变化，似乎完全没有发觉赏金猎手的到来。重甲穿的是一双轻便型作战靴，发出的声音低于0.5分贝，几乎无法觉察。

走到残破的门框边，重甲停下脚步，转头四下打量。未见异常，犬养孝行似乎没有布置陷阱。这个变态杀人狂当真不知道有赏金猎手在追踪

① 这里涉及到的“欧文博士”和“进化计划”为作者上一部作品《进化》中的内容，后面也有一些涉及，可阅读了解。

他？重甲心头再次泛起了一丝疑虑。

跨过门框，刚刚走出几步，忽然，一道锐风凌空袭来，直奔重甲胸口。重甲心存戒备，及时侧身避开。一根黑漆漆的箭矢擦着他的肩膀掠过，携着一声锐响，没入了无边的夜色之中。

重甲遁着箭矢来路看去，只见犬养孝行身前的长桌上放着一个大号手提箱，智能眼镜开启透视模式，才发现手提箱里装着一柄自动弩箭，正稳稳地指向门口。犬养孝行还是设了机关，这柄自动弩箭肯定预先加装过动态探知器，一旦感知到有人接近，就立即发射箭矢。

弩箭机身下的滚筒自动旋转，将第二根箭矢送入箭槽。不等箭矢再次发射，重甲已抬起手臂，扣动了扳机。枪声震耳，7.62mm穿甲高爆弹呼啸而出，自动弩箭顿时轰然爆开，碎片四处迸射。

突如其来的枪声震醒了沉睡中的变态杀人狂。犬养孝行翻身跳起，睁开睡眼，摸出一把小手枪左右乱瞄。

“砰”的一声，灰熊手枪再次发出巨响，犬养手腕一震，小手枪已经脱手而飞。看到不远处的端木重甲，犬养孝行脸上残留的睡意顿时消散无踪。呆立片刻，才开口问道：“你……你是什么人？”

重甲摆摆手枪，冷冷地道：“赏金猎手，端木重甲。”

“原来是拿钱干活的赏金猎人。”犬养孝行迅速恢复了镇定，上下打量重甲几眼，忽然咧开嘴笑了，“我值多少钱？五十万？还是一百万？”

“你没那么值钱，活着带你回去，可以拿到十万信用币。”

“十万？才十万……老子杀了这么多人，居然只值十万赏金？治安属那帮混账真他妈吝啬！”犬养孝行口中咒骂不休，似乎颇为愤慨。

“和联邦治安属没关系，我之所以来追你，是因为一位老妇人拿出了她的全部积蓄，拜托我找到杀害她女儿的禽兽。”

“哦？你确定她女儿是我杀的？”

重甲随手指指吊在空中的裸体女子，“她女儿叫琳达，和这位女子一样，也是金发。”

“嘿嘿，我偏爱金发女郎。”犬养满怀淫邪地笑了笑，摇着头说，“但很抱歉，我根本不记得谁是琳达。”

“记不记得都和我没关系。”重甲直视着犬养的双眼，漠然地说，“我的任务是抓住你，或者，杀了你。”

重甲的目光似乎让犬养有些畏缩，他下意识地低下脑袋，连声道：“好，好，我跟你走，跟你走。”

说完这句话，犬养孝行上前半步，低头去抓长桌上的烟盒，似乎想抽烟，但下一秒，一把寒光闪闪的爪刀从他左袖中飞出，旋转着切向重甲咽喉。

如果对手是普通的警察，肯定会被这出其不意的一刀割开喉咙，可惜重甲身经百战，这些手段对他来说实在太小儿科。重甲稳立不动，只稍稍转过枪口，扣动扳机，将凌空飞来的爪刀打成了两截。

与此同时，一把小小的双管手枪从犬养孝行右手衣袖中弹出，变态杀人狂攥住枪柄，狞笑着把枪口指向端木重甲。犬养似乎不指望一把飞刀就能干掉赏金猎手，衣袖中暗藏的手枪才是真正的武器。可惜，不等他扣动扳机，灰熊手枪已再次震响，第二发子弹正中犬养的小手枪。枪管被近距离高速出膛的子弹打得四分五裂，犬养的右手也被震裂，鲜血淋漓。

“不要杀我！不要杀我！我还不想死！”犬养孝行再次变了脸色，高举双手跪倒在地，努力挤出一丝带着谄媚的笑，“我投降，我投降，快拿出手铐把我铐起来，然后带着我去领赏金。”

原以为这个变态会顽抗到底，想不到居然是个𡉁包。重甲皱起眉头，犹豫着垂下枪管。犬养孝行似乎略感放松，长长地吐了口气，眼角隐约闪过一丝略带狡狯的神色。

两秒钟后，重甲突然再次抬起右臂，扣动了扳机。子弹呼啸而出，正中犬养孝行的右腿膝盖。犬养惨叫一声，双手抱住被打中的膝盖滚倒在地，一把黑刃爪刀从他掌心滑下，跌落在地板上。显然，犬养孝行所谓的投降只是为了麻痹重甲，暗中偷袭才是他的真实意图。

重甲转动枪口，又连开三枪，分别击中了犬养左腿膝盖和左右双肘。在犬养孝行惊天动地的惨叫声中，重甲缓步走到他面前，收起手枪，从腰间抽出一把战斗刀。

“你要干什么？你要干什么？杀了我，你就拿不到赏金！”犬养的面孔已经变了形，形如鬼魅。

重甲冷冷一笑，蹲下身看着犬养惊恐欲绝的双眼，“只带你的脑袋回去就能拿到一半赏金，是少了一些，不过我不在乎。”

完事后，重甲随手把犬养的脑袋丢进早已准备好的挎包，走到被悬吊着的那名金发女子身边，挥刀割断了绳索。

金发女软绵绵地瘫倒在地上，似乎毫无知觉。重甲蹲下身，把那女子搀扶起来，轻轻拍打她的脸颊，连声呼唤道：“嘿，醒一醒，醒一醒。”

片刻后，金发女子眼皮微微颤动，缓缓睁开了双眼。这女子很美，一双蓝色的大眼睛水波隐隐，似乎比龙心兰还要美上几分。

金发女侧过脸看着重甲，双唇微张，似乎想诉说什么，然后，没有任何征兆，一束阴冷的寒光从她唇齿间喷出，直奔重甲咽喉射来。

第三章

神秘女子

寒光来势极快，比犬养孝行的飞刀至少要快一倍，而且两人距离很近，转瞬间就到了重甲喉咙。事发突然，简直令人防不胜防。

危急时刻，重甲右手向外猛推，同时全身缩成一团，一个后滚翻着地滚出。寒光贴着他的头皮掠过，夹杂着一声轻微的鸣啸，远远地没入了黑暗之中。

“这种时候居然还心存戒备，中州第一赏金猎手果然名不虚传。”金发女紧盯着端木重甲，伸展腰肢，缓缓站起身来。她全身上下无半寸衣物遮体，但她却毫不在乎，似乎完全不介意把隐私部位暴露在男人面前。

重甲已经明白之前为什么会感到不安了，原因就是面前这位赤身裸体的金发女子。他的第六感没有错，这确实是个圈套，经过精心策划的圈套。重甲保持着戒备站起身来，抬手轻触智能眼镜，给金发女子做了个全身扫描。

物种：正常人类。

性别：女。

姓名：不详。

年龄：不详。

国籍：不详。

个人身份资料：不详。

见鬼！智能眼镜居然无法识别这个女子的身份！重甲一手执刀，一手按住腰间的枪柄，厉声喝道："你到底是什么人？你要干什么？"

金发女子对重甲满含威胁的动作视若不见，抬起右臂，优雅地拢了拢垂落在颊边的发丝，微笑道："我的身份早晚会告诉你，不过，不是现在。"

话音刚落，金发女身影微微一晃，倏忽间就到了重甲面前，以重甲的眼力，竟然也未能看清她的动作。重甲惊诧万分，后退两步，左手刀在胸前虚划半圈，护住各处要害，同时右手已拔出灰熊手枪，随时准备击发。

重甲的防御已兼顾上下左右，堪称完美无瑕。金发女子不过是赤手空拳，但那神出鬼没的动作让重甲极为不安，在没有搞清楚对手的底细之前，他不想冒然抢攻。

然而，只一眨眼的功夫，那女子又到了重甲身前，五指并拢，涂成红色的指甲盖漾出一道红光，向重甲咽喉划来。重甲所有的防御竟然形同虚设。

真他妈见鬼！这金发女是正常人类吗？重甲已经有些怀疑智能眼镜的判断了。眼看已来不及躲避，重甲急忙横过刀刃挡在脖颈前，同时腾身向后跃开。

利风贴面而过，半片衣襟在身前缓缓飘落。同时耳畔锵然一声，重甲左臂剧震，手中的短刀几乎要脱手飞出。金发女的指甲竟然锋利如刀！重甲大为震惊，抬眼看时，金发女已再度如影随形而来。重甲全身凌空，无法再次闪避，只好抬起右臂，对准对方模糊不清的身影"砰砰砰”连开三枪。

金发女的身影侧过，扭曲成了一个不可思议的角度，轻捷如猫，灵敏如狐，却又优雅自如。三发子弹擦着她的腰肢和大腿掠过，无一命中。重甲则趁机远远退开，与对方保持着数米距离。

重甲并未瞄准金发女的要害，但对方的反应速度仍远远超出了他的预料。这名金发女子是自愿被犬养孝行捉来的，凭她的身手，完全可以在举手投足间干掉那个变态杀人狂。

这名女子的速度已达到了匪夷所思的程度，即使接受过基因改造的猎杀者也无法与她相提并论。重甲把短刀横在胸前，用枪口指着金发女的胸口，问道："你故意被犬养孝行抓住，就是为了伏击我？"

"对。"金发女再次优雅地拢拢头发，甜腻腻地笑了，"我要确认一下你是否像传闻中那么厉害，可惜，我很失望。"

"你是杀手？有人让你来杀我？"重甲迅速在脑海中罗列出所知道的杀手名单，然而没有一个能与面前的金发女子对得上。

"不，不是。"金发女脸上带着神秘莫测的笑，那双性感的蓝眼睛中则闪动着几分猎物在手的亢奋。她竖起右手食指，缓缓左右摇了摇，"首先，我不是杀手；其次，没人请我来杀你；最后，也没人请得动我。"

对方不像在说谎。重甲根本找不到关于金发女子的半点记忆，智能眼镜又无法识别她的身份，难道是之前的某个仇家故意做了伪装？重甲皱起双眉，疑惑地问："你到底是谁？"

金发女并未回答，而是抬起双臂，交叉置于胸前。透过智能眼镜，重甲发现她长长的指甲变了颜色，由鲜红慢慢变为深紫，在雪白的胴体映衬下，显得即妖艳又诡异。

“我说过，我会告诉你的，但不是现在。”最后一个字刚吐出口，金发女身影晃动，再次掠到重甲面前，手臂笔直如刀，直上直下地迎面划来。

重甲侧身闪开，左手刀尖上扬，戳向金发女右肩。这名女子极其危险，但搞明白她的真实身份之前，重甲还不想痛下杀手。

然而刀尖刚刚抬起，重甲就感应到一股沉重的阻力，和刀锋入肉的感觉却又截然不同。重甲低眉一瞥，赫然发现金发女左手食指和中指并拢，牢牢把刀尖夹在了两指间。

怎么可能？重甲震惊，尚未来得及开枪或是用力回夺，胸腹间已经挨了重重一脚。重甲不由自主地腾空而起，远远地摔了出去。

金发女子眉尖上挑，脸上带着几分戏弄和讥讽，晃晃夹在指间的战斗刀，笑眯眯地说：“就这么点本领吗？老实说，我原本以为干掉你是一件很刺激的事，可现在我越来越失望了。”

真是见鬼！不能再手下留情了，不然随时都可能被干掉！重甲不再开口，端平灰熊手枪，对准金发女的胸口连续扣动扳机。

还是没能命中。金发女子左摇右晃，整个身体化作一道模糊不清的虚影，在视野中曲折往来，重甲射出的每一发子弹都与她擦肩而过。

不祥的“咔嗒”声从枪膛中传出，子弹打光了。与此同时，金发女也再次掠到重甲面前，长长的指甲犹如片片利刃，曳着妖异的紫色光芒扑面而至。

速度太快了，根本来不及更换弹夹。重甲无暇细想，抬手就把灰熊手枪迎面砸了过去。金发女并未闪避，左手微抬，把手枪牢牢攥在掌中。

两手空空，再打下去只能送死，而重甲并不想稀里糊涂地送掉性命。他不是贪生怕死的胆小鬼，但也不是一介莽夫，重甲知道勇敢和愚蠢的分别。

及时逃生才是上上之选，金发女子的身份以后再查也不晚。重甲扭身在腰间一拍，一枚拖曳着缆绳的合金钩爪从腰带间激射而出，越过十多米距离，钩在残破的门框上。金发女子的五指眼看就要刺到重甲喉咙，缆绳急剧缩短，重甲借力蹬地后退，倏忽之间，就掠到了大门外。

“原来还准备了逃生工具，赏金猎手最擅长的本领就是逃命吗？”金发女子似笑非笑地挑起眉毛，抛下灰熊手枪，迈步追来。

金发女的速度比重甲要快，仅几秒钟就追到了重甲身后。重甲只得再次射出钩爪，钩住前方一株大树，借力加速奔跑。如此反复利用钩爪提速，与金发女子的距离才渐渐拉远。

对方应该追不上了。重甲稍稍放下心来，匆匆回头一瞥。金发女子已经停下脚步，把战斗刀递到右手，然后冲着重甲的背心掷来。

随着一声凄厉至极的锐响，战斗刀化作一道寒光，转眼间就到了重甲背后。重甲尽力让开身子，但飞刀来势极快，仅仅来得及避开后心要害，刀刃就深深没入了他的左肩。

重甲踉跄数步，强忍疼痛奔到自己的隐藏点，挺身跳上电动机车。机车的暗格内还藏有一把备用手枪和一把短管突击步枪，但重甲自忖未必能够取胜，而且，他还不知道对方的身份。

远远地传来一声冷笑，“端木重甲，这次暂且放过你，但你要记住，早晚有一天，我会杀了你！”

被一名女子打到落荒而逃，可是前所未有的经历，真他妈见鬼！重甲并未感到恐慌，金发女远超常人的身手带给他的震惊远大于恐惧。但毕竟是输给了一个女人，而且是赤手空拳的女人，重甲心中的愤怨难以遏制，忍不住暗暗咒骂。

电动机车速度骤然加快，驶上大路，向着无边的夜色疾驰而去。金发女的冷笑声终于渐渐消失，重甲设好自动驾驶，这才腾出手拔掉了肩后的战斗刀。

看着刀刃上沾染的鲜血，重甲心中犹有余悸。成为赏金猎手以来，重甲遇到的所有对手都无法与这名金发女相提并论，如果不是腰带里藏着合金钩爪，他不可能逃出生天。

震骇之余，一股浓浓的迷惑又涌上了心头，这名金发女，到底是谁?

清清凉凉的夜风扑面而来，重甲狂跳不已的心脏渐渐恢复了平静。无论来者是谁，重甲都不害怕。对于行走在法律边缘的赏金猎手来说，枯燥乏味的生活才最为难熬。

以后的日子会很刺激。

第四章

久别重逢

“现在播报新闻，本市商会会长、全国闻名的电子商务巨头，迈克尔·姚，在竞选演说现场离奇死亡。”

周围突然变得很安静，每个人都停下了动作，呆呆地看着吧台后的电视屏幕。整间酒吧里只有那台机器侍应无动于衷，继续慢条斯理地擦着手中的玻璃杯。

画面中的女播音员眉梢高高挑起，表情略显夸张，“迈克尔·姚，九十四岁，名下拥有多家实体商铺。有人说，姚拥有可以买下整个X市的财力。就是这样一个人，却不明不白地死在了竞选议员的演说现场。”

屏幕画面跳转到了演讲现场。衣冠楚楚的姚会长站在一大堆麦克风后面，举着双手接受在场数千名支持者的欢呼，脸上挂着心满意足的微笑。

几秒钟后，意外发生，姚会长直挺挺地向后倒了下去。他倒地的动作非常慢，两侧的保镖反应敏捷，一左一右护住了将要倒地的会长。陪同姚会长一起出席竞选演说的会长夫人莎拉急忙冲过去抱住丈夫，姚会长就在夫人的怀抱里停止了呼吸。

“这是本月第五位死于非命的重量级人物。上一次死去的是安东诺夫，就在上百名宾客的注视下死在了自家的宴会厅里。这一次，死去的是本市商会会长。同上次一样，警方没有给出合理的解释。但是，会不会再有下一名受害者？难道真如流言所说，世界上当真出现了一个连环杀人狂吗……”

“天哪！不会真的有杀人狂吧？”

“死得好！又少了一只吸血鬼！”

“专杀富翁的杀人狂，和咱们平民百姓没关系，喝酒，喝酒。”

“说的对，杀光了老子更痛快！喝酒。”

“不可能！现在科技这么先进，如果有人作案，早就被抓住了！”

“抓个屁！警察都他妈是蠢猪！连人怎么死的都搞不清楚，一群废物！”

……

谩骂和议论声迅速变大，盖过了电视的声音，酒吧内再度变得一片嘈杂。重甲从屏幕上收回目光，盯着面前空空的酒杯发了会儿呆，用手指敲敲吧台，“再来一杯。”

从遭遇金发裸女那天起，已经过去了近一个星期。几天来，重甲一直在酒吧和夜总会等场合晃悠，但金发女并未再次现身，他也查询过对方的身份，却毫无头绪。

重甲在网上仔细搜索过，又特意把那名金发裸女的照片发给了好朋友大胖，但始终未能查出对方的真实身份。那名女子从未在网上留下任何痕迹，似乎她之前从未存在过，就这么凭空出现在了重甲面前。

“那名金发女子到底是谁？为什么要置我于死地？她和我到底有什么深仇大恨？”重甲双眉紧皱，感觉脑袋在隐隐作痛。

“这杯我请。”沙沙的嗓音从背后响起，淡淡的幽香随之而来，沁人心脾。这香味太优雅了，与酒吧内各种廉价香水刺鼻的气味格格不入。一只纤纤素手越过重甲身畔，把一张崭新的钞票拍在吧台上，“不用找零了，另外再来一杯烈焰红唇。”

机器人侍应迅速收起钞票，在重甲的杯子里倒满威士忌，又飞快地调了一杯烈焰红唇放在吧台上。

这声音很熟悉，这股香味也很熟悉，难道是——龙心兰？重甲诧异地转过头，看着旁边那位身穿蓝色职业套装的美人。

美人五官精致，肤色白净细腻，眼眸中波光盈盈。她有着长长的乌发和黑色的大眼睛，却又有欧美人的深眼窝和高鼻梁，女性天生的柔媚中还带了两分刚毅果敢，是一位混血儿。

确实是消失三年之久的龙心兰。比起三年前，她的容貌和衣着几乎没有任何变化，仿佛他们从未告别过。

一幕幕往事瞬间在脑海中闪过：在忒弥斯酒店初次相遇；联手调查幼儿失踪案件；并肩抗击独眼杀手和令人恐惧的猎杀者；逃出不断坍塌的维兰德科技大厦……当然，重甲最难以忘怀的还是龙心兰的眼睛，那眼神令他魂牵梦萦。

“是你？”重甲迅速压下内心的波动，故作一副无动于衷的表情，从怀里摸出香烟和打火机，点上烟深吸一口，才懒洋洋地做出回应，“你怎么来了？”

“怎么？不欢迎？”龙心兰也没有流露出久别重逢的激动，她并没有看重甲，而是专注地盯着电视屏幕，眉头微颦，似乎若有所思。

重甲回过身。屏幕中的人物换成了会长夫人莎拉，栗色长发披散在脸颊边，冰蓝色的眼眸中喷吐着狂怒和哀伤。她手里捏着一个小小的坤包，双臂挥舞，似乎在激烈地述说着什么。酒吧里过于嘈杂，听不清声音，但重甲还是从会长夫人的口型中分辨出了一个词——谋杀。

谋杀，很多人都这么怀疑，包括重甲。短短的两个月内，世界各地多名政要及商业大亨连续暴毙，这太不同寻常了。但是，这些和他重甲有什么关系呢？就像曾经某人所说的，他不过是一名无足轻重的赏金猎手而已。

良久，龙心兰从屏幕上收回目光，注目看了重甲一会儿，才微笑道："最近怎么样？还好吗？"

"还能怎么样？"重甲略带夸张地耸了耸肩，"接任务，追逃犯，赚赏金，老样子而已。"

龙心兰侧过头，那双黑眼睛专注地看着重甲，长长的睫毛微微颤动，"我还以为上次分手就是永别了，真没想到还能再见到你。"

那眼神让人怦然心动。重甲下意识地偏过头，"老实说，我也没想到，不过猎户座计划已经被终止了，我只能继续待在地球上。"

龙心兰伸出食指，沿着那杯烈焰红唇的杯沿画着圈，摇头叹道："我也想不到联合政府竟然会中止移民计划，向那些鼠目寸光的政客们妥协。老实说，我很失望。"

"一切都是为了利益，政客们向来如此。"重甲轻蔑地撇撇嘴，"所以，我向来很讨厌政治。"

"我也很讨厌，可惜很多人喜欢，而且乐此不疲。"龙心兰端起酒杯轻抿一口，随即皱起眉头，把那杯酒推到了旁边，"对于他们来说，眼下的利益和手中的权力远比太空移民计划更为重要。”

“或者说权利远大于人类文明的未来。”重甲点头附和。

龙心兰侧头看着重甲，忽莞尔一笑，“你什么时候开始为人类的未来担心了？难道还记着欧文说的那些话？”

重甲吐出一个烟圈，看着青烟袅袅飘散，慢吞吞地反问道：“难道你已经忘了？”

龙心兰稍稍低下头，叹道：“没有忘，我一直都记得。”

重甲又抽了一口烟，隔着烟雾望向龙心兰，问道：“你来找我并不是为了发牢骚或叙旧吧？”

龙心兰并未回答，左右扫视一下，皱着眉说：“这里太嘈杂了，跟我来。”

“稍等。”重甲端起那杯威士忌，仰头一饮而尽，才起身跟上龙心兰。

酒吧后的小巷阴暗肮脏，垃圾遍地都是，空气中满是腐烂的臭味，令人恶心欲呕。龙心兰一言不发，顾自向巷口走去。重甲盯着前方不住左右扭动的翘臀，想问问她这三年来都在忙些什么，但最终还是没有问出口。

走到巷口，龙心兰撩起左袖，在套在手腕上的个人终端触屏上轻按几下。几秒钟后，一辆火红色的特斯拉电动跑车无声驶来，稳稳地停在两人面前。

龙心兰回过身，摆手道：“上车吧。”

重甲弹掉烟蒂，双手插进裤兜，懒洋洋地道：“你好像还没说找我做什么。”

龙心兰淡淡一笑，伸手入怀，摸出一张四四方方的银色卡片，随手掷给了重甲。重甲伸手接住，低头一看，卡片似乎是用某种高分子材料制成，上面印着一面红色的盾牌，另有一道金色的闪电从盾牌间穿过。

闪电盾，星球安全理事局的标志。重甲不明所以，晃晃卡片，问道：“这是什么意思？”

“意思就是，你现在已经是星球安全理事局的特别顾问了。”龙心兰抱起双臂，似笑非笑地看着重甲。

星安局的特别顾问？重甲难以置信地看着手中的小卡片，又抬起头看着龙心兰，“你……开玩笑吧？”

“你看我像开玩笑吗？”龙心兰拉开车门坐进驾驶位，“怎么？不上车？”

龙心兰还是那副神秘兮兮的老样子，如果她不想说，即使强行追问也得不到真相。重甲叹着气摇摇头，钻进了电动跑车。

第五章

基因病毒

电动跑车穿行在滚滚车流之中，道路两侧，一栋栋摩天大厦并肩而立，五光十色的巨型全息广告在大楼外墙上不住变幻，大都会的繁华一如往昔。

半个多小时后，电动跑车在一栋毫不起眼的六层楼房前停了下来，与周围高耸入云的华厦相比，这栋建筑简直就像是走进了巨人国的小矮人。

“这就是星球安全理事局？”重甲盯着楼房大门上方那面不怎么显眼的标志牌，感觉有些难以置信。标志牌看上去很有年头了，上面还印着“利安清洁公司”一行大字。

“分部而已，星安局在全球很多城市都设有分部。”龙心兰并未停车，电动跑车自动驶向了大门左侧的停车场。两名配着手枪的保安站在停车场外，摆手示意他们停下。

龙心兰放下车窗，取出另一张卡片佩在左胸前，又转头对重甲说：“把那张卡片戴上，以后每次来星安局都要记得佩戴。”

“每次来”，似乎这个特别顾问还是长期任务。重甲暗自嘀咕，一边学着龙心兰的样子把卡片在胸前戴好。一名保安走到车边，举起一台便携扫描仪，对着龙心兰和重甲分别照了照。几秒钟后，保安放下扫描仪，向他们微微点头，“你们可以进去了。”

电动跑车再次启动，缓缓驶进停车场。重甲留意到停车场并不大，只有寥寥四排停车位，其间稀稀落落地停着十余辆车子。重甲从未来过星安局，但也能觉察到停车场的掩饰作用要远大于实用性。

龙心兰没有停车，电动跑车笔直驶向停车场尽头的墙壁，就在车头即将撞上墙面那一瞬，墙壁突然左右分开，露出一个隐藏的电梯间。等电动跑车驶进电梯间，墙壁又在他们身后缓缓合拢。

地板微微震动，然后开始缓缓下降。龙心兰关掉发动机，转向重甲，解释道：“整个地面部分全是伪装，真正的星安局分部位于地下。”

重甲点点头，“这个我已经猜到了，但是我猜不到星安局为什么需要我来做顾问。”

龙心兰淡淡一笑，道：“马上你就会明白。”

地板再次轻轻震动，然后稳稳停住，前方的墙壁随之无声地左右滑开，露出了一条洁白宽阔的长廊。龙心兰拉开车门，摆手道：“请吧，我们到了。”

走到长廊尽头，龙心兰在一扇合金门前停下了脚步。门边左右各站着一名身材高大的警卫，向龙心兰微微点头，并用审视的目光打量着重甲。

合金门上方，两枚小小的摄像头缓缓转动，向龙心兰和重甲各射出一道红色扫描光束。几秒种后，光束散去，一个温和的电子女声在走廊内响起，“身份确认，S级特工龙心兰，特别顾问端木重甲先生，欢迎。”

两扇合金门板左右滑开，一个环形大厅出现在重甲面前。大厅尽头有一面巨大的电子屏幕，占据了一整面墙壁，一排排操作台围着屏幕呈半环形铺开，数十名身穿藏青色制服的年轻人正坐在各自的操作台前忙碌着。此外还有七八名穿着类似白大褂那种工作服的人，有男有女，年龄不一，肤色不同，无所事事地站在大厅中央。

那群白大褂脸上大都带着些许茫然，他们似乎和重甲一样，同样不明白发生了什么。重甲的目光在他们脸上扫过，意外地发现了一个熟悉的身影，王夕韩教授。王教授一只手插在裤兜里，另一只手扶着眼镜框，正在左顾右盼。

龙心兰当先走进大厅，微笑着解释道："和你一样，王教授他们也是特别顾问，同样也是刚到不久。"

重甲跟着龙心兰走到王教授面前，王教授眼睛一亮，扶扶眼镜框，嚷道："小兰，你怎么也来了？这到底怎么回事？"

没等龙心兰回答，旁边几名白大褂也围上前来，七嘴八舌地开了口。

"是啊，怎么回事嘛？为什么把我们带到这里来？"

"来了就让我们干等着，我可是很忙的！"

"问什么也不回答，也不让我出去，简直就是藐视人权！"

……

龙心兰微笑着向王教授等人点头示意，稍稍提高嗓门，解释道："非常抱歉！因为最近发生了几起突发事件，在调查过程中，星安局发现这些事件是由某种基因病毒所引发，需要非常专业的生物学知识，所以才把各位请到这里来。请各位再耐心等待几分钟，李泰哲副局长很快就到，他会向大家解释一切的。"

所谓突发事件，就是指突然发生，造成或者可能造成严重社会危害，需要采取应急处置措施予以应对的自然灾害、事故灾难、公共卫生事件和社会安全事件。意识到严重性，白大褂们面面相觑，互相嘀咕几句，才各自退到了旁边。

龙心兰扯住王教授，指指重甲，低声道："王伯伯，这位端木重甲，您还记得吧？"

"记得，记得，你们俩一起查过案子。"王教授对重甲上下打量几眼，随即又皱起眉头，"不过，我记得你是私家侦探，为什么也会来？"

重甲耸耸肩，答道："老实说，直到现在，我还是一头雾水。"

王教授又转向龙心兰，压低声音问："小兰，你刚刚说的基因病毒，就是以前你们拿来让我鉴别的那种病毒吗？"

"目前还不清楚。"龙心兰摇摇头，"这种基因病毒和维兰德科技研发的基因病毒有类似之处，但我们……"

龙心兰的话还没说完，大厅右侧的一扇合金门悄然滑开，一位西装革履、看上去文质彬彬的中年人出现在大家面前。中年人个头不算高，相貌也并不出众，一双眼睛却透着几分难以形容的威严。

中年人健步走进大厅，向众人微微欠身，"各位，我是星球安全理事局副局长，李泰哲。相信原因龙心兰特工已经向大家做了解释，由于事涉机密，不得不把各位强行带来，在此我再次请求大家的原谅，非常抱歉！"说完这些，中年人再次躬身，深深地向王教授等人鞠了一躬。

这位副局长看来倒是个人物。重甲暗自嘀咕，伸手从怀里摸出香烟和打火机，想过过烟瘾。龙心兰发觉他的举动，立即投来严厉的一瞥，低声警告道："这里不准抽烟。"

"那好吧，不抽就不抽。"重甲耸耸肩，无可奈何地收起了香烟。

李泰哲走到那面巨大的显示屏前，举手道："各位，现在请看电子屏幕。”

话音刚落，屏幕上就出现了三个分割画面，第一个画面白雪皑皑；另一个绿草无垠，看上去像是非洲草原；第三个则峰峦起伏，有个小小的村寨坐落在峰峦之间。

镜头缓缓推进，展现出了三个村庄的全貌。李泰哲手指屏幕，解释道：“画面中分别是三个自然村落，第一个位于格陵兰北部，第二个位于马达加斯加南部，第三个则位于日本中部山区。

“十天前，我们得到消息，这三个居民点先后爆发原因不明的瘟疫，居民大都已经丧生。”

随着李泰哲的解说，三个画面中分别出现许多死者的面部特写，男女老少都有。奇怪的是死者的脸上看不到什么痛苦，反而挂着一抹淡淡的微笑，似乎他们并未死去，而是陷入了梦乡，在做一个甜美的梦。

死者不足三百人，不算太多，原因应该是三个村落全部位于人烟稀少的地区，交通也不便利。这其中莫非有什么关联？重甲默默地看着屏幕，心中隐隐泛起了一丝疑惑。

一位戴着黑框眼镜的青年白人插口问道：“这几个村庄有多少居民？共有多少人死亡？生还者有多少？”

李泰哲脸上并未流露出任何表情，镇定地解释道：“这三个村落常住人口较少，共计二百四十三人，我们已经实地调查过，仅发现了一名生还者。”

“只有一人生还！天啊！”重甲身后一名胖胖的女黑人张大嘴巴，情不自禁地叫出声来，“导致死亡的原因查出来了吗？”

李泰哲再次抬起手臂，电子屏幕中出现了第四个分割画面，其中只有一个立体的杆状病毒模型，正在缓缓旋转。李泰哲转过身，沉静的目光在众人脸上缓缓扫过，说道："各位，画面中是一种前所未见的基因病毒，它或许就是这三起事件的罪魁祸首，但目前暂不能断定。"

戴着黑框眼镜的青年白人面带愕然，问道："为什么？"

李泰哲从容解释道："因为我们没有查出来当地居民如何感染了这种病毒，既无法确认致死原因，也没能搞清楚这种基因病毒的作用机理，仅能判断它作用于多巴胺受体，所以死者全部面带微笑。

"目前来说，尚未有任何恐怖组织宣布对这三起事件负责，我们也无法确认还有没有后续类似事件发生。唯有一点可以确认，这种基因病毒一旦扩散，后果将不堪设想。"

"那名生还者在哪儿？"

"就在星安局，目前正在接受治疗，但仍处于昏迷状态。"李泰哲面色肃然，目光再次从众人脸上逐一掠过，"各位都是久负盛名的生物学专家，之所以请各位来到这里，就是希望大家能帮我们查出这种病毒的作用机制，再拿出应对方案。"

在场众人脸上大都流露出了几分恐惧，他们明白李泰哲的意思，无法确认作用机理，更谈不上研制出遏制病毒的有效制剂，病毒一旦在任何一座大城市内扩散，人们就只能束手待毙。

李泰哲停顿了片刻，似乎在等待众人消化死亡事件带来的震撼，两分钟后，才开口补充道："各位，我们已经准备好了实验室，大家可以随时开始工作。另外，为避免引发不必要的恐慌，所以这几起事件要暂时保密，也就是说，诸位不能随意外出，与家人联系时也不能提到以上事件。我们已经向各位的家人做出了解释，并做了相应安排，所以请大家无需担心。”

不能随意外出？重甲大感意外，上前一步，开口道：“等一下，等一下，我是特战队出身，对基因科技一窍不通，让我留在这里有什么用？”

在场众人齐刷刷地转向重甲，目光中大都带着几分好奇。李泰哲注目看了重甲一会儿，忽淡淡一笑，“你就是端木重甲吧，请跟我来。”

第六章

重任在肩

重甲和龙心兰跟在李泰哲身后走出大厅，穿过走廊，走进了一间宽敞的办公室。

李泰哲走到墙角的酒柜前，亲手倒了两杯红酒，分别递给龙心兰和重甲，微笑道："三年前你帮我们破获欧文·肖和三禾美智子的阴谋（，我还没有机会向你表示感谢。"

重甲接过酒杯，摇头道："不不，那不算帮忙，我是收了钱的。"

"不不，我能感觉得到，你并非仅仅为了金钱。"李泰哲也摇了摇头，笑容中多了一丝意味深长，"我看过龙心兰的报告，维兰德科技曾试图收买你们，但你拒绝了。所以，我有理由相信，你是一个很有原则的人。"

重甲淡淡一笑，端起酒杯轻抿一口，算是默认了李泰哲的话。

"现在，我们又需要你的帮助了。"李泰哲收起笑容，颇为严肃地看着重甲，"虽然没有组织或个人宣称对这三起死亡事件负责，但我们相信，这是一场有预谋的恐怖袭击。你之前和龙心兰有过合作，我希望你们能够再次合作，查出幕后黑手。"

"说起这个来，我一直有点奇怪。"重甲放下酒杯，稍稍皱起双眉，

“我只是一个普通的赏金猎人，并非受过专门训练的职业特工，你们为什么需要我来协助调查？”

李泰哲似乎早就料到重甲会这么问，从容答道：“因为我们发现，在这三起死亡事件的死者们身上提取出的基因病毒，实际就是三年前维兰德科技研发那种基因病毒的亚种。”

“亚种？”重甲感觉有点迷糊。龙心兰及时解释道：“欧文和三禾美智子早已死去，维兰德科技董事会成员也全部落网，但不排除有人保留了基因病毒的原株，进而制造出了这种亚病毒。”

重甲沉思片刻，点头道：“我明白了，你们认为有人把这种病毒当作基因武器，这三起死亡事件，只不过是在测试基因病毒的威力。”

“对。”李泰哲面色沉重，在大厅时的那份镇定自若似乎正在从他身上渐渐消失，“三个村落都地处偏远，又分别处于高纬度、中纬度和低纬度地区，自然环境截然不同。所以，我们怀疑这三起死亡事件只是一场测试，为将来大规模散播基因病毒而进行的测试。”

“大规模散播？”欧文博士的脸孔在脑海中悄然浮现，重甲倒抽一口凉气，“太疯狂了！什么人会做出这种事？”

李泰哲摇摇头，叹道：“什么人都有可能啊，宗教狂热份子、激进的环保主义者，或者个别疯狂科学家，等等。”

“你刚刚不是说，暂时不能确认那些村民死于这种基因病毒吗？”

“我是这么说过，不过，我们的技术人员一致认为是这种基因病毒杀死了那些村民，只是还没有搞清楚病毒的作用机制。在没有找到其他原因之前，他们只能认为这种病毒就是罪魁祸首。我也希望他们的推论是错的，但是这种可能性微乎其微。”

李泰哲回过身挥了挥手，一张世界地图的全息投影出现在办公桌上方。李泰哲指指地图，低声道："世界上常住人口超过千万的城市足有上百座，一旦基因病毒在这些城市中释放，后果又会怎样？防患于未然，就是星球安全理事局的职责，所以，我们要尽快找出释放病毒的人，并搞清楚他们的目的。"

重甲一时无语，感觉肩头沉甸甸的，仿佛压上了千钧重担。一个，或者一群疯狂的家伙正躲在地球上某个角落里，他们手里掌握着足以毁灭全人类的基因武器，更可怕的是没有人知道这些疯子接下来会做什么。

老实说，这次的任务过于重大，重甲有些怀疑自己的能力。

"我们并不是要你无偿服务，调查期间，将会按照A级特工的待遇给你发放薪酬，另外，所有开支都由星安局承担。"似乎看出了重甲的犹豫，李泰哲又补充道，"只有你们和王夕韩教授曾接触过这种基因病毒，王教授的领域是实验室，而查出幕后黑手，你们两个就是最佳人选。"

重甲下意识地瞟了一眼龙心兰。黑发女子也正一眼不眨地看着他，那双漂亮的大眼睛里带着几分显而易见的热切。重甲叹了一口气，端起酒杯一饮而尽，道："好，成交！"

李泰哲满意地点点头，走到办公桌后坐下，在抽屉里取出两把黑沉沉的大手枪，隔着办公桌推到重甲和龙心兰面前，"这是最新款的特工专用手枪，你们确认一下掌纹，然后就可以使用了，我相信，这两把枪会给你们很大帮助。"

离开星安局分局后，重甲一直在把玩那把手枪，翻来覆去地看了不下数十遍，犹不肯住手。

坐在驾驶位的龙心兰忍不住转头问道："怎么看起来没完没了？没见过这种枪？"

"是没见过。"重甲老老实实地回答，把手枪举在面前，自言自语着，"可以自动锁定目标，发射包括追踪弹、制导寻踪弹、高爆弹、开花弹、子母穿甲弹在内的多种弹头，附带身份认证，不仅能够声音遥控，还能链接个人终端，我说，这玩意当真只是一把手枪吗？"

龙心兰笑了，"严格来说，它的名字叫作'X1000个人防卫系统'，但通俗来说，它仍是一把手枪。"

重甲盯着X1000，叹道："以前只会出现在科幻电影里的武器，现在已经变成了现实。"

龙心兰点点头，附和道："人类总能造出更高效更先进的杀人武器。"

重甲又盯着X1000看了一会儿，才郑重其事地收进怀里，"这玩意功能太多，一时半会用不惯，还是灰熊手枪更好用。"

龙心兰透过后视镜看着重甲，随口问道："我以前不是送过你一把灰熊手枪吗？"

那把灰熊手枪落在了那名神秘金发女手里。重甲不想让龙心兰知道自己竟然被一名赤手空拳的裸体女子打到负伤而逃，就随口道："那把灰熊手枪在接受移民训练时被收缴了。"

"是吗？"龙心兰半信半疑地看了重甲一眼，随手在电动车中控面板上轻轻一点，"后座有武器，你自己挑吧。"

重甲回过头，后排座位已经翻开，露出来一个多层暗柜，上面摆满了各种单兵武器，大到突击步枪和单兵火箭筒，小到针筒发射器和遥控蜘蛛炸弹，几乎应有尽有。重甲没能找到灰熊手枪，就随意拎起了一把看上去很漂亮的左轮手枪。

“那可是特制型蟒蛇左轮手枪，我的珍藏。”龙心兰瞥一眼那把左轮手枪，语气中似乎带了几分不舍。重甲旋开弹轮仔细一看，果然发现这把左轮手枪有些不同寻常，弹仓容量是九发，而且弹丸是加长的特制子弹，初速和威力应该远高于平常的左轮手枪。

对付金发裸女那样可怕的对手，就需要这样的强力武器。重甲毫不客气地把左轮手枪塞进腰间，摸出香烟，点上火抽了一口，漠然看着窗外的滚滚车流，默默不语。

“在想什么？”

重甲闷闷地抽了口烟，叹道：“这次的任务过于重大，我怀疑自己能否胜任。”

“你是个很厉害的赏金猎手，要相信你自己。”龙心兰侧过脸看着重甲，忽而抿嘴一笑，“不过，李副局长不会把所有的希望都寄托在我们身上，他已经派出了几十组高级探员，我们两个只不过是其中的一组而已。”

“原来如此，那我就放心了。”重甲伸个懒腰，舒舒服服地靠在座椅上，“刚刚我还在奇怪，李副局长怎么会把如此重要的任务托付给一个微不足道的赏金猎手，原来他早就留了后手。”

“现在就放心有点太早了吧。”龙心兰又瞥了重甲一眼，“就因为这件案子，星安局已经派出去了将近三分之一的精英特工，可仍然感觉人手不足。如果不是担心消息泄漏，引起不必要的恐慌，李副局长早就申请警方支援了。”

说得也是。数百人死于非命，却不清楚释放病毒的人躲在什么地方，更不清楚他们接下来要做什么。星安局肩负全球安危，自然不能有丝毫懈怠。

重甲默默地望着窗外不断闪过的全息广告，心中油然涌出了一丝不详的预感。欧文博士和三禾美智子的计划是改变人类的生物属性，他们已经够疯狂了，而这次要对付的，却是更为疯狂的家伙。

第七章

线索中断

调查难度前所未有的大。

除了马达加斯加南部的小村庄外，另两个遭受基因病毒袭击的村庄都地处偏远，很少有外地人光顾，交通极不便利。也正因为地处偏远，交通不便，处于轨道卫星的监控范围之外，没有互联网络，缺乏监控设施，高科技调查手段几乎毫无用武之地。

事件发生后，星安局在第一时间派出行动队及调查小组，封锁消息并展开调查。调查小组在格陵兰和日本没有什么收获，在马达加斯加倒是得到了不少讯息，却大都和本案没有关联。那个小村庄距离马达加斯加境内的蓝宝石矿业小镇伊拉卡只有几十公里，而去往伊拉卡的外国人非常多，每天仅游客就有两千多人。要逐个排查每一位在事发时间段去过伊拉卡镇的游客及宝石收购商，此外还要甄别值得怀疑的当地居民，实在不是一件容易事。

还好，调查组有星安局中央电脑“伊娃”的帮助，不需要既费时又费力的人工比对。他们只需把待排查名单传回星安局，伊娃就会自动开始筛选甄别，分析每一位可疑人物。游客名单尚未统计结束，伊娃就给出了一位男性嫌疑人的名字——扎赫沃基。

扎赫沃基在伊拉卡镇逗留了三天，恰好就在事发时间段内。伊娃通过互联网查询了他的全部资料，发现扎赫沃基此前从未去过马达加斯加，从出行记录来分析，他并不喜欢旅行。因此，此人选择此时去伊拉卡的动机很值得怀疑。另外还有一点，这位扎赫沃基之前是维兰德生物科技的高级员工。

综合以上因素，“伊娃”把扎赫沃基列为了第一嫌疑人。

“我还以为会很麻烦，没想到这么快就找到了嫌疑人。”重甲盯着个人终端屏幕上扎赫沃基的脸孔，轻轻吹了一声口哨，“以后有什么疑难案件就交给超级计算机好了，先锁定嫌犯，再派遣机器警察执行抓捕，多简单。”

“也许那一天并不遥远。”龙心兰望着车窗外的一副巨型电子广告牌，眼神中带着几分忧郁。

重甲顺着龙心兰的目光看去。广告牌上，几位方头方脑，憨态可掬的机器人正在卖力地做着家务，洗衣服、拖地板、擦拭家具，忙得不亦乐乎。不一会儿工夫，先前又脏又乱的房间变得焕然一新。一位素装丽人款款走进画面，手指那些机器人，微笑着说：“拥有家政机器人，解放你自己！”

卡洛斯集团的家政机器人广告，重甲曾看过无数次。每天在街头巷尾都要面对各种信息广告的饱和轰炸，要想不被这些广告打扰，除非你是个瞎子。

如今人类不仅拥有家政机器人，酒店里有机器侍应，医院里有机器医生，工厂里有机器工人，此外还有外观几乎和人类一模一样的机器女友和机器男友。足不出户的大胖就拥有一台价格昂贵的机器女友，而且他还劝重甲也去买一台，结果被重甲臭骂了一顿。

和一台裹着人造皮肤的机器人上床，那种感觉真他妈诡异。

七八架送货无人机在电子广告牌上方列队而过，机身下悬挂着或大或小的包裹。重甲眨眨眼，收回了视线。

人工智能正在逐步取代传统工种，地面上有无人驾驶电动轿车，地底下有无人驾驶列车，天空中有无人驾驶飞机。需要体力劳动的工种大都已替换为人工智能，也许过不了多久，所有工作都会被人工智能接管。传统社会结构正在迅速变化，让大部分底层民众感到难以适应。

但是，未来无可阻挡，人类无法回到过去，只能去尝试着适应这个遍布人工智能的社会。毫不夸张地说，人工智能已经成了人类生活不可或缺的东西。无人驾驶、智能化家居、互联网、大数据时代……不知不觉中，未来已扑面而来。

小时候重甲曾听父亲说过，在未来，对人类影响最大的就是人工智能和基因科技。

重甲的父亲早已去世，这句话也已经成为现实，而人工智能和基因科技带给人类文明的冲击，不过是刚刚开始。

若有若无的幽香在车内浮动，那是龙心兰的体息。黑发女子颦眉沉思的侧颜很美，像极了重甲去世的妻子阿梅，重甲默默地看着龙心兰的脸颊，一时竟然出了神，几乎忘了他们正在执行抓捕嫌疑人的任务。

和绝大多数维兰德科技的员工一样，扎赫沃基也住在中州市。接到消息后，龙心兰和重甲就立即动身赶往他的寓所。

电动跑车自行放慢速度，目的地就快到了，重甲收起略为纷乱的思绪，抬头望向前方那栋综合居民楼。按照“伊娃”给出的资料，扎赫沃基就住在第六十八层，6844号公寓，从马达加斯加返回后，他就一直待在公寓里。

电动车停在路边，龙心兰取出一副智能眼镜戴在脸上，仰脸看看居民楼，说道：“这栋居民楼出口太多，我们还是等一下吧，行动队很快就到。”

“没那个必要，我相信咱们两个能对付这位扎赫沃基。”重甲也戴上智能眼镜，推开了车门。

电梯有些陈旧，按键上满是污垢，而且没有声控器，每经过两三个楼层还要停顿一下，慢得如同蜗牛。重甲等得有点着急，但又懒得去爬楼梯，只好耐心等待。

约十分钟后，电梯终于爬上了六十八层，不等电梯门完全打开，重甲就已闪身而出。

楼道略显昏暗，空气里弥漫着老旧公寓独有的陈腐气息。重甲和龙心兰一前一后，沿着走廊缓步向前，走到6844号房门外时，两人不约而同地停下了脚步。

智能眼镜已经开启透视模式，但看不到人影，房间里没有人。

“奇怪！”龙心兰手扶着眼镜框，有些疑惑，“我查询过这栋居民楼的监控录像，扎赫沃基这几天一直没有出过门！”

重甲心生警觉，按住腰间的蟒蛇左轮手枪，转头四顾，迅速扫描了整个楼层。相邻的两个房间没人，另外两间公寓的住户在卧室里睡觉，还有两个青年男女滚倒在地板上，似乎正在做爱。未见任何异常。

重甲又回过身，盯着6844公寓门。房门只安装着一部老式的密码锁，没有检测到隐藏的机关陷阱。

“我已经扫描了整个公寓，没有异常。”龙心兰走到门前，抬起左臂对准密码锁。个人终端开始运行解锁程序，几秒钟后，电子屏幕上就跳出了一行字符，解锁成功。龙心兰在密码锁上键入密码，房门应声打开。

龙心兰走进房间，但很快又捂住鼻子退了出来。重甲有些奇怪，忙拔出左轮手枪踏进公寓。一股腐烂的气息扑鼻而来，客厅里乱糟糟的，除了沙发和茶几外，还有一个块头挺大的冰箱靠墙而立。垃圾满地都是，脏兮兮的内衣随意丢在沙发上，不少吃剩的食物都已变质，生出了一层霉菌。

显然，这位扎赫沃基从未打扫过房间，而龙心兰是个有洁癖的女子。

“比我还要邋遢的家伙。”重甲放下手枪，走进卧室和洗手间看了看。到处都看不到扎赫沃基的身影，床单和床头柜上积着一层厚厚的灰尘，似乎扎赫沃基根本就没有回家。

“有些不对劲。”重甲回头示意了下龙心兰，“这间公寓很久都没人住过了。”

龙心兰取出两副薄薄的乳胶手套，将其中一副递给重甲，说道：“还是搜一下吧，看能否找到什么线索。”

估计不会有什么线索。心里虽然这么想，重甲还是接过手套戴在了手上。

卧室和洗手间搜了一个遍，不出所料，果然一无所获。重甲闷闷不乐地回到客厅，目光落到了那个大冰箱上。所有的家具都很陈旧，唯有冰箱看上去像是新买不久，显得有点奇怪。

重甲走过去，用智能眼镜对冰箱做了个扫描，未见异常。冰箱里的隔板似乎已全被去掉，但一时看不清里面放着什么。重甲拉开冰箱门，接着后退一步，倒抽了一口凉气。扎赫沃基那毫无神采的双眼正透过一层冰霜瞪视着他。

扎赫沃基已经死了，而且被人冻在了冰箱里。

第八章

隐形刺客

星安局行动队赶到后立即进行了初步尸检，拿到结果之后，龙心兰吩咐封锁现场，并将扎赫沃基的尸体运回星安局分局。

扎赫沃基死于外力导致的颈骨断折，尸体上并未发现指纹，估计凶手作案时佩戴了手套。死亡时间则是两个星期前。一个死人不可能再搭乘客机飞往马达加斯加释放基因病毒，很显然，有人假扮了他。

假扮扎赫沃基的人非常谨慎，重甲和龙心兰在寓所里没能找到任何有用的线索。已经过去了这么久，怎么才能找到这个人？

重甲冲窗外喷出一个烟圈，随手把烟蒂弹在附近的灯柱旁。一台圆筒状的垃圾清扫机器人立即走近，伸出吸筒把烟蒂吸进体内，接着转向重甲，用嗡嗡的电子音提醒道："请不要乱丢垃圾，先生。"

"滚开！"重甲没好气地瞪着机器人那只有一张显示器的脸孔。机器人似乎不太明白这个词的含义，木然站了几秒钟，才转身离去。

重甲转头看着龙心兰，问道："查到什么了吗？"

"还没有，稍等。"黑发女子戴着智能眼镜，目不转睛地盯着个人终端，显得全神贯注。重甲凑过去看了看，电子屏幕上有四个正在飞速滚动的分割画面，让人眼花缭乱。

“你在查询监控录像？”

“对。”龙心兰点点头，双眼仍然紧紧地盯着电子屏。重甲想说对方不会在监控录像上留下什么蛛丝马迹，但看到黑发女子一脸严肃的模样，最终还是没有说出口。

大约十分钟后，龙心兰关掉终端机画面，转头看着重甲，说道：“我找到线索了。”

“真的？”重甲略微感觉有点意外。龙心兰抬起手臂，在终端机电子屏上轻触几下，一幅全息图像随之浮现在两人面前。

画面中就是扎赫沃基居住的公寓楼，一位男子背对镜头，拎着手提箱向公寓大门走去。龙心兰抬手在全息图像中一点，画面顿住了，然后她稍稍转动手指，画面中的男子随着龙心兰的手势转过身来，正是扎赫沃基。

“这是十天前的监控录像，假扮扎赫沃基的人正在返回公寓。”龙心兰再次挥手，画面切换到公寓走廊内，扎赫沃基面向镜头，不紧不慢地走到自己的公寓外，先左右扫视一眼，才开启了密码锁。

龙心兰指指全息图像，补充道：“他走进公寓后，就再也没有出来过，也没有其他人进入这间公寓。”

全息图像再次闪动，切换为夜景，画面中是一排排长窗，大都市灯火通明。龙心兰解释道：“这是当天晚上的外部监控，在扎赫沃基的公寓窗外，我发现了一件怪事。”

画面迅速向前推进，直至其中一扇长窗占据了大部分镜头，窗子紧紧地闭着，房间内则一片漆黑，什么也看不清。

一分钟，两分钟，仍然看不到什么动静。重甲有些纳闷，正想开口询问，画面中的长窗忽然缓缓向一旁滑开，然而让人感到万分诡异的是，窗子后面根本没有人影。

怎么回事？扎赫沃基居住的是那种已经老掉牙的旧公寓楼，根本就没有安装智能家政系统，窗户也只能手动锁定或打开，难道此人穿了能够隐身的潜入作战服？

约半分钟后，窗子又自行合拢，镜头缓缓拉远，但画面中仍然看不到人影。重甲正想说出心中的疑问，龙心兰已经开口道："你怀疑对方穿了潜入作战服，是不是？"

"对，"重甲点点头，指指画面中的长窗，"不然怎么解释这个？"

"刚开始我也这么怀疑，但后来感觉并不是。

"目前的潜入作战服采用的是光学迷彩[①]技术，在野外倒还好，如果晚间在城市里，作战服偶尔会出现一些杂乱的色块，或留下一抹不太显眼的残影。因为城里光源太多，霓虹灯和全息广告无处不在，光谱频段波形极为杂乱，有很大几率导致图像转换模块出现误差。"

重甲明白黑发女子的意思，他一直在盯着监控画面，试图找出对方的身影，但始终未能找到。龙心兰伸手在全息图上轻轻一划，图像再次变化，切换成了楼顶天台的俯视图。夜空中，细密的雨丝在各色虹光中缓缓洒落，如烟如雾。

龙心兰掠掠垂在颊边的发丝，将镜头推近，指着画面道："再看，那天夜里下过雨，天台是湿的，你注意看楼顶边缘。"

楼顶护栏似乎刚施过工，散落着一些湿漉漉的混凝土碎块。两秒钟

① 光学迷彩技术：类似变色龙，利用服装上的纳米计算机采集周围环境信息，改变自身色彩或形状，从而达到与周围环境融为一体的效果。

后，其中一些碎块突然自行溅开，跌落在护栏后。龙心兰将图像定格，回头道："看到了吗？这人沿着外墙爬上了楼顶，他碰巧踢落了这些混凝土碎块，我们才能够发现他的踪迹。"

"还有别的线索吗？"

"有。"龙心兰点点头，再次将图像拉远。楼板大都被雨水打湿，在霓虹灯和各种全息广告的照耀下微微闪亮，唯有天台正中大概数米区域的楼面是干的，没有雨水。

那块区域大致呈椭圆形，从长度和宽度来看，应该是天台上停着一架小型直升机。问题是监控中怎么连直升机也看不到？难道直升机也能隐身？可至今为止，重甲还没有听闻哪个国家拥有能够在视野中隐形的直升机。

两分钟后，原本干燥的区域渐渐变湿，最终，整个天台泛起了一片水光。直升机飞走了。

龙心兰关掉全息图像，转头看着重甲，"明白了吗？"

重甲摸出香烟和打火机，打着火深深地抽了一口，才叹着气道："我明白了，对方用某种办法从监控中抹去了自己的影像，所以我们看不到他。"

"正是如此。"龙心兰点头附和，"但我想不明白对方用什么手段抹去了影像。"

重甲试探着问道："那个……伊娃能够修复监控录像吗？"

龙心兰眉头微皱，摇头道："我不清楚，查看录像后我就向伊娃提交了申请，但还没收到答复。如果录像中原本有图像，后来被技术手段抹去，伊娃应该能轻松将画面恢复。然而这么久没有答复，说明录像中原本就没有嫌犯的身影，伊娃虽然是超级计算机，却也不能凭空变出对方的影像来。”

“见鬼！”重甲喃喃咒骂。

至今为止，除了知道对方能够在监控下隐形之外，散播基因病毒的嫌犯没有留下任何有用的线索。而且，大都市内大大小小的固定监控器数以万计，此外还有游曳在空中的无人机作为移动监控，只凭一个人恐怕无法完全消除或屏蔽这么多监控设备。如不出所料，这人背后应该隐藏着一个庞大的高科技组织。

无论嫌犯背后隐藏着什么组织，当先要做的就是找到他的踪迹，这是眼下唯一的线索。

抽了大半根烟，重甲才转头看着龙心兰，说道：“要不我问一下大胖吧，他是计算机专家，说不定会有什么办法。”

龙心兰犹豫片刻，点头道：“好，但不要提基因病毒的事。”

第九章

隐身程序

晚上九点钟左右，重甲和龙心兰来到了大胖家门外。仍然是那个阴暗狭窄的小巷子，秽物遍地，散发着阵阵恶臭。

走到巷子尽头，没等重甲抬脚踹门，铁门已经自动打开。身宽体胖的大胖子出现在门后，张开双臂，笑眯眯地说："重甲，美女侦探，欢迎欢迎！"

比起三年前，大胖的腰围又粗了好几圈，显得愈发臃肿不堪。重甲微微点头，算是打过了招呼，龙心兰则向大胖微笑致意："非常抱歉，又来打扰你了。"

"没关系没关系，随时欢迎你们来打扰。"大胖挪动脚步，让开身子。等重甲和龙心兰走进大门，他又探出脑袋向巷子里打量了几分钟，才锁好铁门，并上了几道门闩。

重甲皱着眉问："你做什么？怕有人跟踪我们？"

大胖嘿嘿一笑，"老实说，上次那种变异怪物把我家掀了个底朝天，我担心这次你们两个又会带什么怪物来？"

"哪来那么多怪物？这是现实世界，不是你整天沉溺其中的网络虚拟世界。"重甲冷哼一声，当先走进客厅。

出乎重甲预料的是，大胖家里一改从前的凌乱邋遢，客厅居然非常整洁，地板和家具都干干净净，纤尘不染。

重甲毫不客气地坐在沙发上，左右张望片刻，忍不住揶揄道：“这么干净？这真的是你家？我们是不是来错地方了？”

话音刚落，一位扎着羊角辫的黑发少女迈着优雅且富有弹性的步伐款款走进客厅，微笑道：“欢迎，欢迎两位大驾光临！”

黑发少女看上去最多十七八岁，身着一袭浅紫色薄纱长裙，里面却什么也没穿，曲线玲珑的胴体几乎一览无余。少女手里端着一个托盘，盘中放着三杯已经加过冰块的威士忌。

“认识一下，这位是我的新任女友，机器人小娜。”大胖面带得意，“告诉你们，她的内核程序是经过我升级的，不仅具备微表情捕捉和情感分析功能，各种家务也样样拿手，比市面上那些功能单一的机器女友强了十万八千里。”

可接下来，机器少女小娜的行为让重甲和龙心兰瞠目结舌。她走到重甲面前，然后双膝跪倒，伸手就去拉重甲的裤带。重甲为之愕然，跳起身来，一把抓住黑发少女的手腕，喝道：“你要干什么？”

机器少女扬起面孔，用充满魅惑的声音答道：“让你满足啊，这不是你们男人最喜欢的方式吗？”

重甲大为恼火，甩开机器人的双手，低声喝道：“滚开！”

黑发少女侧过头看着重甲，忽而嫣然一笑，“原来您喜欢更加激烈的方式，请稍等，我去拿鞭子来。”

重甲狠狠地瞪了一眼大胖，怒道：“把这玩意关掉！”

“你小子不是经常欲求不满吗？”大胖贼兮兮地一笑，“告诉你，小娜最擅长处理人类这方面的需要。”

重甲一把将机器少女推开，拔出左轮手枪，指向她的脑门。大胖顿时变了脸色，晃动肥硕的身躯，拦在重甲面前，连声叫道：“不要开枪，不要开枪！不过和你开个玩笑而已，犯得着拔枪吗？告诉你，小娜可是很贵的，万一打坏了她，咱们连朋友都没得做！”

机器少女站稳身体，从大胖身后探出脑袋，看着龙心兰，“姐姐，要不要我帮你脱衣服？请你相信，我会满足你们的。”

龙心兰默不作声，侧过脸，冷冰冰地看着大胖。

“抱歉，那个……小娜的认知功能还不太完善。”大胖显得有些尴尬，抬起左腕，在个人终端上飞快地按动几下。机器少女转过身，默默地走到客厅角落里，闭上了双眼。

大胖关掉机器人，这才看着龙心兰和重甲，讪讪地问：“那个……你们找我有什么事？”

龙心兰轻按终端机，将一副全息图投射在茶几上方，“你先看一段监控录像。”

看完录像，大胖皱起双眉，半晌不语。重甲放下已经喝光的酒杯，又把龙心兰面前那杯威士忌端起来，问道：“你小子怎么不说话？是不是想起什么了？”

大胖显得有些犹豫，咽了一口唾沫，才点头道：“大概半年前，我有个朋友曾说她要开发一个能让人在网络监控中消失的软件，但后来再也没听她提起过，我不清楚她到底有没有成功，也不清楚这件事和她有没有关系。”

果然，找大胖是正确的选择，重甲心中暗喜，表面上却装得若无其事。龙心兰专注地看着大胖，“你这位朋友，叫什么名字？”

“朴东珠。”

“女的？”龙心兰稍稍挑起双眉，“知道她的相貌、住址和年龄吗？”

大胖宽厚的胖脸上罕见地浮出了一抹羞涩，摇头道：“不知道，我和她没见过面，她的真实姓名还是我偷偷查出来的。”

“她是韩国人？”

“是的，不过她不在韩国，据我所知，她经常旅行，目前应该住在巴塞罗那，或者是伊斯坦布尔。”

“你能联系她吗？”

“不能，”大胖耸耸肩膀，浑身肥肉随之一阵乱颤，“我们只是偶尔一起玩玩游戏，我唯一知道的就是她的游戏账号。”

计算机高手不太可能查不到朴东珠的联系方式，唯一的可能是，大胖喜欢这位朴东珠，担心她惹上麻烦，所以不愿开口。

重甲冷眼旁观，默不作声。龙心兰眼神里带着一抹笑意，像是发现了大胖言不由衷，“没关系，只需要名字就够了。”

龙心兰抬起左臂，开启个人终端，轻声说：“请求搜索定位，目标人物朴东珠，亚裔女性，喜欢旅行，特长是计算机网络应用。”

约半分钟后，终端机先后投射出八名亚裔女性的面部肖像全息图，年龄不一，或美或丑，最小的约七八岁，年龄最大那位已经是白发苍苍的老奶奶。

又隔了几秒钟，几幅肖像先后消失，只余下了一名约三十岁上下、相貌姣好的年轻女子。重甲仔细看了看，发现这位女子的相貌很像大胖的机器女友。

龙心兰低头看看终端机，说道：“朴东珠，二十九岁，首尔人，毕业于首尔国立大学，信息计算机工程学硕士，最后一次现身地点是瑞士。看起来，她就是我们要找的人。”

大胖吞吞吐吐地问：“朴东珠……她没有干什么违法的事情吧？”

“笨蛋！你不是看过凶案录像了吗？我们怀疑凶手使用了朴东珠的隐身软件。”重甲又呷了一口酒，沉着脸说，“杀人凶手极其凶残狠毒，如果我所料不差，这位朴东珠随时都可能遭遇生命危险。”

“真的？”大胖看看重甲，又看看龙心兰，小眼睛里带着几分狐疑。

龙心兰一言不发，调出扎赫沃基被冻在冰箱内的画面，指给大胖看。重甲啜一口威士忌，不紧不慢地说，“你如果不想让朴东珠也被冻进冰箱，就老老实实说出她的行踪。”

大胖的小眼睛里浮出了一抹恐惧，咽咽唾沫，道：“好吧，网络定位并不准确，我……我帮朴东珠做过一个反定位软件。她就在首尔，清潭洞，延熙路113号。”

重甲放下酒杯，摸出香烟，慢吞吞地道：“你小子喜欢她，对不对？”

大胖低下头，沮丧地说：“喜欢有什么用，人家又不喜欢我。”

重甲又摸出火机点上火，认真地对大胖那肉山一样肥硕的身躯上下打量几眼，评价道：“确实，你这副尊容很难让人喜欢。”

第十章

网络寻踪

星安局在首尔也设有分部，接到龙心兰的情报，首尔分部立即就派出行动队赶往清潭洞113号。重甲刚刚喝完第二杯威士忌，行动队就已抵达，可惜，并未发现朴东珠的身影。

龙心兰的终端机在客厅墙壁上投射出了六张分割画面，那是六名行动队员头盔内置的摄像头传回的图像，他们正在朴东珠家里四处搜索。

大胖子盯着画面，不住搓着双手，显得有些紧张。其中一个画面显示出了厨房中的冰箱，一条手臂伸过去，拉开了冰箱门。冰箱里空荡荡的，只有半瓶红酒和一盒牛奶，并没有尸体。重甲留意到，看到这一幕，大胖子明显地松了一口气。

“长官，没有发现嫌犯。”客厅中响起了行动队队长那略显冷峻的声音，“据我判断，她至少半个月前就离开了。”

龙心兰点点头，对着个人终端回应道：“收队吧，记得察看监控录像，不要放过任何蛛丝马迹。”

“收到。”墙壁上的画面依次消失，行动队断开了链接。

唯一的线索又断了。重甲略感失望，点上一根香烟，侧头看着大胖，

“你有多久没和朴东珠联系了？”

“将近一个月吧。”大胖子绞着手指，忧心忡忡地说，“我们最后一次联系是三个星期之前，后来我又联系过她两次，但她没有回复。因为……因为朴东珠向来对我不冷不热，我以为她只是懒得理我，也没有在意。”

原来死肥宅是这么谈恋爱的。重甲打算再挖苦大胖两句，但想到朴东珠生死不明，大胖子肯定十分难过，于是伸出手在他肩上拍了两下。

大胖抬起头，低声问：“那个……朴东珠会不会已经被杀害了？”

“有可能。”说完这句，重甲看大胖脸色发白，“更大的可能是朴东珠还有利用价值，所以凶手绑架了她。”

大胖子的心情并未因此而好转，低着大脑袋默默不语。重甲安慰道：“放心吧，我们会抓到嫌犯的。如果朴东珠还活着，我们一定会把她救出来。”

“关于那个隐身软件，你还有什么要告诉我们的吗？”龙心兰也转过脸，专注地看着大胖。

大胖仔细思索一会儿，才开口道：“关于这个软件，我只听朴东珠提过一次，当时我们做过模拟推演，感觉没有什么实用价值，后来就再也没有听她提过。没想到，她居然真的成功了！”

重甲疑惑地问：“没有实用价值？为什么？”

“如果只是要把监控中的人像擦除，那就简单多了，我们只需随便拿一副图像代替它就行。当然，这么做很容易看出破绽，而且被擦除的人像还可以修复，最终还是起不到隐身效果。”

大胖子摊开双手，耸耸肥厚的肩膀，“朴东珠要做的是天衣无缝的隐身，真正的隐形。实时消除人像并还原周围环境，这就需要强大的计算力作为后盾。我曾粗略计算过，要想实现即时隐身，我们至少需要两千台个人终端机或家用计算机，而且是满负荷运行。”

“满负荷运行？”龙心兰稍稍皱起眉头，“也就是说，运行这个软件就要伴随着大量的电力消耗，是不是？”

“是的。”大胖子点头表示赞同。

龙心兰站起身来，微笑道：“你给我们提供了一条很有用的线索，谢谢！”

重甲也站起身，向大胖挥手告别。大胖子把两人送到门外，又拉住重甲，悄声问：“你们能找到朴东珠吧？”

看着大胖子可怜兮兮的表情，重甲不忍心再挖苦他，郑重地点点头，承诺道：“放心，我一定尽力而为。”

两人离开大胖家，驱车返回。

龙心兰再次打开终端机，让伊娃搜索十天前有无电力异常波动现象。仅半分钟，伊娃就给出了两个地址，其中一个远在北欧，另一个就在本地，距中州市不远的长湖小镇。

“长湖镇？”重甲皱起眉头，“是不是欧文博士生前住的地方？”

龙心兰点点头，“对，距离不远，开车过去仅需半个小时，我们去看看吧。”

“不等行动队？”重甲抽出蟒蛇左轮手枪检查一下，又塞进了腰间。

“已经通知了，他们会比我们更快赶到。”龙心兰在中控面板上输入目的地，电动跑车驶上大路，迅速融入了滚滚车流之中。

半小时后，两人就抵达了长湖小镇。

目标地点是一栋两层小别墅，坐落在长湖之畔，与别的民居相隔甚远。时间已近深夜，小镇居民大都已经沉沉入睡，除了路边的太阳能街灯，整个镇子都沉浸在茫茫夜色之中，显得颇为幽静。

行动队已赶到多时，十二名队员两人一组，将那栋别墅团团围住。电动跑车在路边停稳，龙心兰和重甲刚刚下车，一位身穿全封闭作战服、手提突击步枪的行动队员就迎上前来，汇报道："长官，我们已经做过扫描，别墅里没有人。"

难道又要白跑一趟？重甲微感失望。龙心兰却不动声色，向夜色中的小别墅望了一眼，低声问："户主是谁？"

"这栋别墅属于一位叫作杰克·马的亚裔富商，但长期闲置，无人居住。"

"能查出最近有什么人进出过吗？"

"我们已经查过了，别墅内外的摄像头都没有启用，暂时无法做出判断。"

对方的安排居然滴水不漏！满腹不快之余，重甲心中又隐隐浮出了一丝恐惧。目前还不清楚释放基因病毒的是一个人或一个组织，但可以预料，对方一定智商极高，而且行事缜密、心狠手辣。

"进去搜一下，看能否找到线索。"龙心兰戴上智能眼镜，向别墅走去。重甲也取出智能眼镜戴在脸上，跟在龙心兰身后。

那位行动队员将手一挥，早已在门外候命的四名队员就打开别墅大门，端起步枪，先后闪身而入。

别墅内空荡荡的，什么家具也没有，更没有计算机。显然，买下别墅的这位杰克·马从未入住过。

重甲有点纳闷，电力异常波动就在这里，伊娃是超级计算机，不可能出错。行动队员四下散开搜索，很快，就在车库地板上发现了一扇装着控制面板的活板门。

这栋别墅拥有一个隐藏地下室。

重甲使用智能眼镜对活板门做了个扫描，却发现无法透视，门板似乎采用了某种高密度金属，又像是具有低红外涂层。普通居民不会在自己家里采取这些防护手段，很明显，地下室里隐藏着某些不可示人的东西。

两名行动队员走上前来，取出随身携带的探知器，对准了活板门。淡淡的绿光从探知器中射出，沿着门板上下游移，约两分钟后，绿光散去，一名队员转向龙心兰，低声道："长官，已完成扫描，未见异常。"

龙心兰微微点头，另一名队员俯下身，将手腕上的个人终端对准控制面板，开始解码。这一次速度就快多了，仅十余秒钟，控制面板上就亮起了莹莹绿光。队员键入密码，随着咔嗒一声轻响，活板门徐徐打开。

为首那名行动队员端起突击步枪，缓步踏进活板门下方的阶梯，另一名队员也举枪戒备，紧随其后。

重甲随着龙心兰走下台阶，刚刚抬起头，就看到了两列高大的主机架，一排排硬盘指示灯在黑暗中闪动着幽幽蓝光。

地下室是一台自行装配的大型计算机。

第十一章

外星后裔

除了大胖口中的“隐身软件”，龙心兰和重甲并未找到更多有用的线索。主机架和硬盘等设备都是分批买来的二手货，无法查到买主的身份，而且，对方似乎早就料到地下室会暴露，连一枚指纹也没留下。

“长官，您或许想看看这个。”一名行动队员走到龙心兰身边，把一本图书递到她面前。

“这是什么？”龙心兰疑惑地皱起了双眉。那名队员随手向地下室深处一指，“在那边角落里发现的，就丢在地板上。”

龙心兰戴上一副乳胶手套，才接过书本，重甲也凑过去，仔细地看了看。那并不是图书，而是一个看上去已经很有年头的日记本，纸张边缘泛黄，牛皮封面上还有少许污渍。

龙心兰随手翻开封面，却见扉页上写着一行粗粗的钢笔字：

人类当真是外星人的后裔吗?

字体不算漂亮，笔划刚健有力，显然出自一位男士之手。

人类是外星人的后裔？重甲感觉有些莫名其妙。

很久前重甲就曾听说过类似的言论，诸如人类并非地球原生物种、外星人在远古时代就曾光临地球、不明飞行物UFO出没等。他还曾看到过一本书，名字就是《人类是外星人的试验品》，作者好像还是一位挺有名气的记者。不过重甲对这些并不关心，也就没有过多关注。

重甲是个很现实的人，不喜欢这些很玄的言论。

人类是不是外星人的后裔和基因病毒事件又有什么联系？重甲看看龙心兰，发现她仍在全神贯注地翻看着那本日记，似乎若有所思。

重甲感觉有点不耐烦，咳嗽一声，问道："我说，咱们是不是该撤了？"

龙心兰点点头，合上日记本，吩咐行动队员把地下室内所有设备全部带回星安局分部。重甲指指她手里的日记，问道："这玩意不带回去？"

"我先看看，然后再交给物证处。"龙心兰取出一个塑料袋，郑重其事地把日记本放了进去。

回去的路上，龙心兰一直在翻看着那本日记，重甲有些奇怪，忍不住问道："里面都写了什么？和案子有关系吗？"

"或许有关系。"龙心兰随手翻到第二页，把日记本拿到重甲面前，"你看这个。"

第二页上写了一句话：

上古时代，众神行走于大地。

字体加粗，字迹和第一页相同，明显是出自同一人之手。重甲不明所以，摇着头道：“什么意思？怎么又扯上神灵了？”

“这里的神，所指的就是外星人。”

又是外星人。重甲眉头微皱，问道：“怎么？你相信有外星人存在？”

龙心兰并未回答，而是反问道：“你不相信吗？”

“不怎么信。”重甲耸耸肩，“有关外星人的谣言倒是听说过不少，但谁也没亲眼见过。”

“玉宇苍茫，星系浩渺，有条件孕育智慧生命的星球不计其数，没有亲眼见过，不代表外星人就不存在。

“世界上很多未解之谜都指向外星生命确实存在。”龙心兰又将日记本翻过几页，指着上面的字迹说，“你看这个，‘玛雅石棺浮雕’。

“公元1840年，美国人斯提芬斯在帕伦克古城遗址发现的墓室石棺浮雕，其中居然有一幅宇航员驾驶宇宙飞行器的图画。虽然经过图案化变形，但宇宙飞船的进气口、排气管、操纵杆、脚踏板、方向舵、天线、软管及各种仪表仍清晰可见。这件事你怎么看？”

重甲摸出香烟，点上火抽了一口，随口道：“这玩意是伪造的吧。”

“不可能。”龙心兰一口否决，“那可是1840年，当时的人压根就没有‘宇宙飞船’这个概念。直到半个世纪之后，1890年，法国人克雷芒·阿德尔才发明了人类历史上第一架飞机。在此之前，人类的飞行器就只有孔明灯、热气球和飞艇。事实上，直到上世纪六十年代，人类首次进入太空后才弄明白这幅浮雕的含义，美国宇航专家一致认为浮雕所描绘的就是宇宙飞船。”

“你觉得，几千年前的玛雅人有能力造出宇宙飞船吗？”龙心兰面带微笑，看了看重甲，说道，“唯一的解释就是外星人曾经来过地球，玛雅人亲眼看到过外星人乘坐的飞船，才绘出了那种浮雕。”

外星人来地球，而且是在几千年前？人类文明尚处于蒙昧时期就来到了地球……重甲又抽了一口烟，反问道：“好吧，就算外星人来过地球，但是，这些外星人和基因病毒事件又有什么联系？”

龙心兰面色肃然，晃晃手里的日记本，“写这本日记的人认为我们人类的基因链里潜伏着外星人的基因。”

重甲大吃一惊，几乎被烟雾呛到，连忙放落车窗，把烟蒂弹出去，才回头问：“你开玩笑吧？”

龙心兰摇摇头，指指日记本，“这本日记里提到过人类基因变异[①]情况，写下这本日记的人认为某些变异基因就是外星基因的显性表达。”

“真的假的？”

龙心兰再次翻开日记本，说道：“这里记载着不少基因变异的病例，比如这个‘肌肉生长抑制素基因突变’。

“肌肉生长抑制素是肌肉生长的负调控因子，抑制成肌细胞的增殖和分化，反言之，人体内的肌肉生长抑制素水平越低，就越能练出壮硕的肌肉。如果一个人的肌肉生长抑制素远低于正常人，将导致肌肉生长限制减弱，所以患者得以拥有超乎常人的力量。

“还有这个，促红细胞生成素过量。

“人体中的促红细胞生成素是由肾脏和肝脏分泌的一种激素样物质，

① 基因变异：指基因组DNA分子突然发生的可遗传性变异。基因虽然十分稳定，能在细胞分裂时精确地复制自己，但这种稳定性是相对的。在一定的条件下基因也可以从原来的存在形式突然改变成另一种新的存在形式，就是在一个位点上，突然出现一个新的基因，从而代替了原有基因。

能够促进红细胞生成。这种激素能促进肌肉中氧气生成，从而使肌肉更有力、耐受力更长久，让人在体育竞赛中超常发挥。正是根据促红细胞生成素的原理，人们才研制出了EPO兴奋剂。

“换句话说，如果一个人同时拥有肌肉生长抑制素过低和促红细胞生成素过量两种基因变异，他的力量和耐力就会远远超过正常人。”

重甲思索片刻，插口道：“这个我倒是有所耳闻，据说体能增强剂的研制似乎就和这种基因变异有关。”

“对，正是如此。”龙心兰点点头说，“没有这些基因变异现象，我们就研制不出体能增强剂。

“但是，变异基因也是有遗传性的，最初的变异基因从何而来？我们人类天生就拥有这些超乎常人的力量吗？”龙心兰抬头望向窗外，目光中带着几分困惑，“体能更强的人类显然更易于生存，但在漫长的进化过程中，这些更利于生存的基因变异现象却没有形成优势基因，这是为什么？”

重甲再次摸出一根香烟，摇头道：“我怎么知道？我又不是基因学专家。”

龙心兰收回目光，笑道：“这些问题，基因学专家也没能搞清楚原因何在。”

重甲点燃香烟，试探着问：“这本日记给出了答案？”

龙心兰低头看着日记本，“这本日记的作者认为，最初的变异基因来自于外星人，外星人不仅科技发达，各项体能也远在远古人类之上，所以才会被人类视为神明。”

“这些就能证明我们是外星人的后裔？”重甲盯着龙心兰，仍然感觉有些难以置信。

“不止这些。”龙心兰犹豫了一下说道。她再次翻开日记本，稍稍提高声音，读道：“作为地球上最高级的智慧生命，我们人类却拥有很多难以容忍的缺陷。比如，右心房和右心室仅有冠状动脉供血，如果冠状动脉堵塞，就会产生足以致命的后果；人类的食道和气管有一段共享的通道，从而导致吃东西或饮水时容易被呛到；分娩，是一段极度痛苦的过程，大约有2%的女性在分娩过程中死去，但有袋类哺乳动物却不必承受这种痛苦；人类的肺部只有在吸气时才有含氧空气进入，其效率还不如鸟类；人类的膝盖结构过于复杂，很容易出现问题，而且小腿肌肉过多，造成了移动速度降低；人体骨骼中，颅骨是最坚硬的，但是，左右太阳穴却是颅骨中最脆弱的部分，仅有两毫米厚，根本不足以提供有效的保护；腰椎作为连接上下半身的唯一骨骼，每时每刻都要承受重压，结果就是人类成了脊椎疾病发病率最高的哺乳动物……”

“停停停！”滔滔不绝的长篇大论让重甲头晕目眩。他摇着双手制止道：“我已经明白了，你的意思是人类的进化并不完善。只说结论吧，只说结论就好。”

“结论是：第一，人类的进化过程被加速了；第二，外星人在人类体内留下了他们的基因。”龙心兰合上日记本，似笑非笑地看着重甲，“以上我所说的话全是证据。”

说话间，车子已经停在了星安局分部大门前。重甲摇着头说：“我还不太明白日记里记载的这些和咱们要查的案子有什么联系。”

龙心兰又把日记本收进塑料袋里，“我也不明白，但有一点可以确信：有人故意留下了这本日记，目的就是让我们找到它。”

第十二章

神灵之子

回到星安局分局，龙心兰径直领着重甲走进一间实验室，把那本日记放在一台监测仪下，结果很快就在封底发现了用隐形墨水写下的三个字——神之子。

“‘神之子’？”重甲愣愣地看着全息屏，喃喃道，“这什么意思？”

龙心兰目不转睛地盯着全息屏，两道秀眉几乎拧成了一团。半晌，才回答道：“‘神之子’是一个组织，已经存在很久了。”

“我怎么从来没有听到过？”重甲也皱起了眉头。

“这个组织行动很隐秘，从不公开活动，很少有人知道他们的存在。”龙心兰看着全息屏，忽然微微一笑，“我明白了，嫌犯留下日记，就是希望我们看到这三个字。”

让星安局找到线索，然后去追踪“神之子”。留下日记的人应该就是这么想的，不过，这种小伎俩怎么能瞒得过星安局的精英特工？

重甲摸出香烟，但看到女特工正严厉地盯着他，只得又把烟盒塞进兜里，笑着说：“这一招有点太明显了，恐怕没人会上当。”

龙心兰摇摇头，叹道：“就算明知上当，我们也要分出人手去调查这个组织。”

重甲有点不解，问道：“为什么？”

龙心兰并未回答，而是反问道：“你知道‘神之子’这三个字代表着什么吗？”

重甲耸耸肩，老老实实地说：“我怎么知道？从我听到这个组织到现在还不到两分钟。”

“所谓神，就是指外星人，‘神之子’的成员们认为自己是外星人的后裔。”龙心兰一面解释，一面打开旁边的一台计算机，“他们认为地球终将毁灭，人类终将消亡，只有体内流淌着神之血液的人才会得到拯救。

“据说这个组织最初可以追溯到罗马帝国时代，从那时起，他们就坚信人类是外星人的后裔。

“此后的两千多年间，‘神之子’一直在暗中扩展势力，他们行动极为隐秘，历代统治者几乎没有觉察到这个组织。约八百年前，恐怖的黑死病横扫欧洲，人畜大批死亡，有位修士声称瘟疫爆发乃是神灵在清洗体内没有神之血液的异类，完成清洗后，神灵就会从天而降，接纳自己的子嗣去往神之国度。至此，人们才发觉‘神之子’的存在。

“罗马教廷立即下令逮捕那名修士，等士兵们赶到修士家里时，却发现他已经被人杀死，尸体身上放着一张绘了奇怪面具图案的羊皮纸。”

龙心兰在电子屏中输入一长串密码，打开一个标注为红色的文件夹。重甲瞥了一眼，发现文件夹下写着一行字——组织名称：‘神之子’；档案等级：绝密。

“这个文件夹里就是我们所掌握的关于‘神之子’的全部资料，可惜，少之又少。星安局对这种组织严密的隐秘势力极为警惕，任何与‘神之子’相关的消息都必须关注，任何与他们有关的案件都要优先执行。”

“这么多年来，这个‘神之子’就没有露出什么蛛丝马迹？”重甲感觉有点难以置信。

“有倒是有过，但是结局却异常惨烈。”龙心兰犹豫片刻，说道，“明朝天启年间的王恭厂大爆炸事件你知道吧？”

王恭厂大爆炸，好像没有听说过。重甲不想显得太过无知，就含含糊糊地答应了一声。

“王恭厂大爆炸发生在明朝天启六年，公元1626年5月30日。当日上午9时，北京西南隅的王恭厂火药库附近区域发生的离奇爆炸，造成半径达750米、面积达2.25平方公里的爆炸范围以及二万余人的巨大伤亡。据后人估算，此次爆炸的威力约为一万至二万吨当量的TNT（三硝基甲苯）。

“据《天变邸抄》记载：天启丙寅五月初六日巳时，天色皎洁，忽有声如吼，从东北方渐至京城西南角，灰气涌起，屋宇动荡。须臾大震一声，天崩地塌，昏黑如夜，万室平沉。东自顺城门大街，北至刑部街，长三四里，周围十三里尽为齑粉，屋以数万计，人以万计。王恭厂一带，糜烂尤甚，僵尸层迭，秽气熏天，瓦砾盈空而下，无从辨别街道门户。伤心惨目，笔所难述。震声南自河西务，东自通州，北自密云、昌平，告变相同城中。即不被害者，屋宇无不震裂，狂奔肆行之状，举国如狂。象房倾圮，象俱逸出。遥望云气，有如乱丝者，有五色者，有如灵芝黑色者，冲天而起，经时方散。合科道意火药局失火，缉拿奸细而报，伤甚多，此真天变大可畏也。”

重甲听得目瞪口呆，不由插口道：“这些资料，你都背下来了？”

“只是以前读过而已。”龙心兰淡淡一笑，“我的记忆力特别好，读过的书籍或资料一般都能记下来。”

这记忆力好的也太出奇了一些。重甲暗自叹服。

龙心兰停顿片刻，又继续说道：“由于提及王恭厂事件的古书均记载了巨大声响传播百里、天色昏黑如夜、屋宇动荡、灵芝状烟云等疑似由强烈地震、龙卷风、陨石甚至超自然力量才有可能产生的离奇现象，再加上事件发生后，爆炸范围附近的伤者和尸首皆发生衣服被卷去而致全身赤裸、一丝不挂的奇怪视象，更给这次灾变蒙上了一层神秘色彩。

“因此，王恭厂大爆炸与印度‘死丘’事件、1908年6月30日俄罗斯西伯利亚通古斯大爆炸并称为世界三大自然灾难之谜。

“但是，据星安局推测，王恭厂大爆炸并非自然灾害。”

龙心兰转头看着重甲，“天启六年，锦衣卫在查抄一位官员的家产时，在该官员家中发现了那种面具和一本古书，书中详细记录了‘神之子’的源起，并且录有不少官员的姓名。随后锦衣卫按照记录抓捕了几位官员，但尚未来得及审问，爆炸就发生了。”

重甲愕然道：“你是说，‘神之子’策划了王恭厂大爆炸？”

“应该是这样。”龙心兰点点头，“流传下来的信息很少，我们只能推测锦衣卫掌握了‘神之子’的某些重要资料。因为知情人数太多，而且锦衣卫又准备剿灭‘神之子’，所以他们不得不动用了某种秘密武器，以求掩盖真相。”

重甲有些不太相信，问道：“威力这么大的爆炸，几乎相当于小型核弹了，古人怎么可能拥有这种武器？”

龙心兰缓缓摇头，“我们也不明白。但你要知道，‘神之子’自称是外星人的后裔，有可能他们掌握着人类难以企及的科技。”

外星人的武器？震惊之余，重甲感觉后背隐隐发凉。为隐藏真相，竟然不惜杀死数万人，这手段简直狠辣到了极点！

计算机电子屏上显现出两幅图片。其中一幅像是计算机制作的图画，绘着一张金色面具，奇怪的是面具左半边是温和的笑脸，右半边却张牙露齿，显得极为狰狞。

黑发女子特工指指那张面具，解释道：“这幅图就是留在那位修士尸体上的面具图案，当然，是后来复制的，原画早就遗失了。

“王恭厂爆炸事件之后，这种面具图案又出现过几次，每一次出现，就会有一位或几位泄露‘神之子’消息的人死于非命。等到人们发现，凶手早已销声匿迹。

“第二张图，就是这种面具最后一次出现。”

第二幅图片中有一张圆桌，还有七八个人的半身像。图像很模糊，仅能看出照片中的人都带着那种半笑半怒的金黄色面具，整个脑袋都遮得严严实实，连肤色也无法辨认。

重甲仔细看了看，问道：“这张照片是‘神之子’的成员？”

“对，这张照片是‘神之子’高级成员的一场集会，拍于三十年前，是用纽扣摄像机拍摄的。据说当时‘神之子’提出了一个疯狂的计划，要清除掉所有不信奉真神的人类。那时候星安局还没有成立，美国国家安全局派出探员潜入该组织，希望窃取该计划的详细内容，可是只传回了这张照片，随后那名探员就失去了联系，至今生死不明。”

重甲还没有从王恭厂爆炸事件带来的震撼中恢复，勉强笑了笑，说：

“清除所有不信奉真神的人类？口气这么大，还真把自己当成神了。”

龙心兰也淡淡一笑，说道：“不知道是‘神之子’觉察计划泄露，还是感觉自身实力不足，总之，他们的疯狂计划最终不了了之，并未付诸实施。从那时起，直到现在，再也没有听到‘神之子’有什么动静。”

重甲思索片刻，问道：“你觉得，这三宗基因病毒事件和‘神之子’的疯狂计划有关系？”

“也许有，也许没有。”龙心兰的笑容渐渐消失，“但王恭厂事件前车在鉴，而且他们曾提出过清除人类的计划，星安局肩负全球安危，绝对不能掉以轻心。”

疑犯尚未现身，又凭空跳出一个“神之子”组织，给原本就疑云重重的基因病毒案件增添了几分扑朔迷离。

“真他妈见鬼！”明知对方留下线索就是为了让他们去调查“神之子”，星安局却不得不分出大批人力。重甲心中窝火，不觉喃喃咒骂。

龙心兰侧脸看看重甲，微笑着安慰道：“不用着急，我们还有伊娃，她是我们最强大的帮手。”

第十三章

金发美人

超级计算机伊娃果然是星安局最强大的帮手，长湖镇地下室那台大型机运回分局后，仅十余分钟，伊娃就从中成功还原了杀害扎赫沃基那位嫌犯的影像，可惜的是，嫌犯身穿黑色全封闭作战服，头脸都遮的严严实实，仅能看出她是一名年轻女性。

伊娃分析了嫌犯的身高、身体比例及步态等因素，试图找出与之匹配的人，但计算结果却有些出人意料。

匹配度最高的只有一个人，一位金发蓝瞳的白种美女。

资料显示，这位女子是北欧挪威人，名叫瓦列里娅·萨斯。奇怪的是关于这位瓦列里娅的资料很少，只有出生日期、公民编号以及就学年龄等基本信息，没有网络账号，也没有购物记录，似乎她偏好离群索居，而且从不在公众场合露面。

“见鬼！真是见鬼！”重甲愣愣地盯着电子屏中那位表情冷漠的金发美女，感觉后背隐隐发凉。

龙心兰转过身看着重甲，微微皱起双眉，问：“怎么？你认识她？”

就是这位女子赤手空拳把重甲打到落荒而逃。重甲感觉有些难以启齿，咽了口唾沫，才吞吞吐吐地说：“也说不上认识，那个……我只见过她一次。”

“能说详细点吗？”

重甲踌躇片刻，抬起左腕，用个人终端在龙心兰面前投射出一副全息图。其中正是这位金发美人，面带神秘莫测的微笑，浑身上下一丝不挂，曲线玲珑的胴体尽览无遗。

“你给我看这个？”龙心兰似乎有些不快，看着屏幕中的裸体金发女，双眉微颦，撇撇嘴，“关了吧，我对你的私人爱好完全没有兴趣。”

重甲有点发窘，忙摇着手说道：“不，不，你不要误会，这女子是个杀手，非常厉害，我差一点被她干掉。”

“真的？”龙心兰侧过脸看着重甲，显得将信将疑。

重甲尴尬地点点头，“确实如此。大概一个星期前吧，就在你去找我的前几天，我追踪一位变态杀人狂，没想到掉进了这位瓦列里娅设下的圈套。交手后我才发现，她的近战技能远在我之上，我根本不是对手，只有逃跑。”

龙心兰一言不发，表情渐趋凝重。

“此前我从未见过这位瓦列里娅，无冤无仇，只能认为她是别人派来的杀手。”重甲表情显得格外认真。停顿片刻，重甲又补充说：“她的速度快得离谱，而且力气也不在我之下，老实说，除了三年前咱们曾经遭遇过的猎杀者，我从未碰到过身手如此了得的人。”

“一位女杀手，而且是可能接受过基因强化的女杀手，有意思。”龙心兰盯着全息屏中的金发裸女，一副若有所思的模样。

“基因强化？”

龙心兰点点头，瞥了重甲一眼，淡淡地道："你的战斗技能已经是顶级特工水准，能够轻而易举地战胜你，除非事先服用了体能增强剂，或者接受过基因强化。"

重甲耸耸肩，略带自嘲地道："多谢夸奖，我还不知道原来自己这么厉害。"

"体能增强剂有效时间很短，可以排除掉，唯一的可能就是，瓦列里娅接受过基因强化。"龙心兰回过头，仍然盯着屏幕中的金发裸女，"奇怪的是基因强化技术难度很高，拥有这种技术的维兰德生物科技已经全面瓦解，目前来说，圣西蒙公司是唯一的生物科技巨头，但据我所知，圣西蒙并不支持基因战士增强计划，难道还有其他公司拥有这种实力？"

黑发女子特工似乎没有抓住关键，重点不是什么基因强化，而是金发女的动机。重甲摇着手说："关于基因强化这一点可以慢慢调查，还有一点很奇怪，她声称自己不是杀手。"

"不是杀手？"

"对，她就是这么说的，而且还声称早晚有一天会杀了我。"

龙心兰从全息屏上收回目光，困惑地看着重甲，"似乎这位瓦列里娅和你有很深的个人仇怨，而你又不认识她，莫非你和她的上辈亲人有什么过节？"

重甲摇摇头，"不可能，如果是为亲人报仇，她肯定会说出来。再者，我的业务范围仅限于中州市，从未去过北欧。"

"这么说来，确实有些奇怪。"龙心兰微微皱起双眉，陷入了沉思。

"发现目标人物，地点，格陵兰岛北部，伊托科尔托米特镇。"随着伊娃那依旧温婉的电子女声，一张地图出现在计算机电子屏上，图中一个红色光点不断闪烁。随后，电子屏上又出现了一张分割画面，其中是一辆火红色的越野车，身穿白色防寒服的金发女赫然坐在驾驶座里。

这么快就找到了？重甲先是一喜，但几秒种后，一股隐隐约约的不安又悄然泛起。确认嫌犯的相貌仅仅十余分钟金发女就自动现身，会不会太凑巧了？

龙心兰显然和重甲同样困惑，紧盯着电子屏，默默不语。重甲犹豫片刻，问道："怎么办？要不要赶过去？"

"去，我们带行动队一起去。"龙心兰把电子屏中的资料复制到自己的终端机内，"这是我们唯一的线索，绝对不能放过。"

星安局效率极高，次日凌晨，重甲和龙心兰就踏上了格陵兰岛那坚硬冰冷的土地。

天幕湛蓝如洗。前方是一望无际的白，看不到人影，高空铺路者降落时激起的雪尘弥漫在空中，久久不散。

格陵兰是世界第一大岛，总面积达二百多万平方公里，全岛大部分区域处于北极圈内，终年严寒，年平均气温低于零摄氏度，人烟稀少，常住居民不过十万余人。

运输机收拢机翼，两辆全地形装甲运兵车从机舱中先后驶出。重甲背着突击步枪，跟在几名行动队员身后走出机舱。

风寒如刀，四周雪野茫茫。重甲缩起肩膀，拉紧防寒服拉链，并戴上了帽子。龙心兰倒是若无其事，带着智能眼镜，正在认真端详远处的伊托科尔托米特小镇。重甲见状，也取出智能眼镜戴在脸上。

镇子位置偏僻，监控数量有限，而且格陵兰北部终年酷寒，暴雪频繁，户外监控器经常失效，很难清楚地掌握一个人的动向。

星安局在格陵兰仅有一名外勤特工，而且正在执行任务中，无暇顾及。无奈之下，李泰哲副局长只好联系当地警局，委托两名小镇警察负责监视瓦列里娅，并反复叮嘱该嫌犯极其危险，万万不可轻举妄动。

智能眼镜左上角的增强视窗中显示着伊托科尔托米特镇的地图，一红两绿三个光点在图中隐隐闪烁。红点就是瓦列里娅，位置是一间小酒吧。两个绿色光点则代表了两名便衣警察，他们也在酒吧里，距离瓦列里娅并不太远。

“目标位置已确认，准备行动。”龙心兰一声令下，十二名行动队员立即分为两组，分别钻进那两辆装甲运兵车。等到龙心兰和重甲也上了车，运兵车立即启动，直奔伊托科尔托米特镇驶去。

为保证把嫌犯一举拿下，龙心兰不但带上了十二名全副武装的行动队员，还特意配备了这种装配有强大火力的全地形装甲运兵车，并由星安局中央电脑伊娃远程遥控。

伊托科尔托米特是一个海湾小镇，滨临茫茫大洋。这里的民居很有特色，七彩斑斓，赤橙黄绿青蓝紫样样俱全，在皑皑白雪的映衬下，会让人怀疑这里并不是俗世凡尘，而是坐落在冰雪世界中的童话王国。

运兵车驶进镇子，放慢速度，一前一后封住了那间小酒吧的出口。几位当地居民站在自家门前，面带困惑地望着这两辆装甲车。上一次发生在格陵兰岛的战争已是一百年前的往事，如今的格陵兰居民几乎从未亲眼目睹过装甲战车。

舱门打开，队员们飞身跳下车，四散分开，将酒吧团团围住。重甲也钻出运兵车，开启透视模式，四下打量。一辆火红色的越野车泊在酒吧大门外，酒吧里的两名警察各配着一把手枪，此外没发现携带武器的可疑人物，那名金发女也没有携带武器。

似乎没有埋伏，重甲端起突击步枪，跟着龙心兰走进了酒吧大门。

时间还早，酒吧里并没有别的客人，除了金发女和那两名警察，只有一位女侍应无精打采地站在吧台后。

金发美女坐在靠窗的酒桌边，面前放着半杯酒，静静地望着窗外，对重甲和龙心兰的到来仿佛并未察觉。四名行动队员鱼贯而入，冲进酒吧，分别举起步枪对准金发女，她却连眼睛也没眨一下。那两名警察站起身，犹犹豫豫地掏出手枪，吧台后的侍应则抱着脑袋钻进了吧台下。

这女子一副有恃无恐的样子，难道早有准备？又或者设了什么圈套？重甲心生疑虑，悄悄向龙心兰使了个眼色，提醒她小心戒备。

龙心兰点点头，上前一步，开口道："瓦列里娅·萨斯，我是星球安全理事局S级特工龙心兰，现在怀疑你参与了一起谋杀案，请你随我们返回星安局接受调查。"

金发女终于回过头来，冰蓝色的双眸中带着几分轻蔑，唇边则挂着一抹若有若无的笑，"龙心兰，端木重甲，你们来得真够慢的。"

第十四章

冰海匿踪

什么意思？她在等着我们？重甲微微一愣，强烈的不详感随即在胸中悄然泛起。龙心兰也疑惑地皱起双眉，问道："你知道我们要来？"

金发女笑了，"那当然，不然我为什么要像个白痴一样坐在这里？"

情况不大对头，金发女就是再厉害也挡不住十二名全副武装的精英士兵，更何况还有龙心兰和端木重甲！她一定还留有后手！重甲心生警惕，游目四顾，想找出有无隐藏的敌人，却没有发现。

"你到底有什么目的？"龙心兰紧盯着金发女，右手悄悄按住了腰间的枪柄。

金发女脸上的笑容骤然消失，她冷冷地看着重甲和龙心兰，目光锋利如刀，语气中更是带着刻骨铭心的仇恨，"龙心兰，端木重甲，我要你们死！"

"轰！"惊天动地的巨响从酒吧外传来，地面剧烈震动，整个房间都在摇晃，屋顶的积尘簌簌而落。龙心兰摔倒在地，重甲立足不稳，几乎也一脚摔倒。几扇窗子被震裂，酒桌翻倒，吧台内的玻璃酒瓶噼噼啪啪地爆裂开来，玻璃碎片四处飞溅。酒吧大门受到气浪波及，脱离门框飞向酒吧内，两名行动队员来不及躲避，被结结实实地拍倒在地。

酒吧外那辆红色越野车爆炸了。车里藏着炸弹，或者，整辆车就是一枚威力巨大的炸弹。

两耳嗡嗡作响，脑海中混混沌沌，重甲单膝跪地，拼命摇着头，想赶走爆炸带来的眩晕。有人在开枪，但枪声听上去很弱很遥远，几乎细不可闻。重甲循声望去，发现金发女不知何时已经跃到那两名警察身边，一手一个，扼住了他们喉咙。枪声还在响，金发女举起警察的身体挡在身前，警察身穿的防寒服上顿时绽开了朵朵血花。

重甲努力端平突击步枪，把枪口指向金发女的胸口。一只手从旁边伸过来，按下了他的枪管，龙心兰冲着重甲的耳朵叫道："不能打死她，我们要抓活的。"

见鬼！真是见鬼！重甲放低枪管，想瞄准瓦列里娅的膝盖。但金发女已经消失了，两名警察软软倒下。下一秒，重甲就发现她出现在一名行动队员身前，五指并拢，笔直戳进了那名队员的咽喉。

转瞬间就干掉了两名警察和一名行动队员，这女子简直就像个鬼影！重甲转过枪口，随着沉闷的突突声，一连串弹丸射出枪膛。然而金发女已经再次消失，子弹徒劳地穿过空气，深深钻进了墙壁。

瓦列里娅又鬼魅般出现在最后一名队员身后，一只手扣住对方的枪管，另一只手则牢牢扼住了他的脖颈。那名队员奋力挣扎，但金发女那并不算强壮的双手似乎隐藏着无穷无尽的力量，他的努力毫无效果。

金发女从队员身后探出半边脑袋，冷笑道："端木重甲，龙心兰，带这么点人手就想抓住我，你们想得也太简单了。"

龙心兰举枪瞄准瓦列里娅的额头，左手却放在背后，悄悄向重甲打着手势。黑发女子特工的意思是暂缓进攻，酒吧内的队员一死三伤，酒吧外却还有八名队员分据四周，越野车爆炸不可能把他们全部杀死。

重甲会意，食指虚扣在扳机上，枪口指向金发女子的膝盖，蓄势待发。龙心兰镇定地迎着金发女逼人的目光，坦然道："不错，这次是我们失算了，不过你要知道，星安局已经把你确认为首要重犯，无论你逃到天涯海角，我们也要抓住你。"

"是吗？"金发女脸上再次浮出了满含轻蔑的笑，"可你们有时间来对付我吗？我相信，还有更多更大的麻烦等着星安局去处理。"

龙心兰面色微变，厉声道："瓦列里娅，你们到底要做什么？"

金发女并未回答，而是笑着摇摇头，"抱歉，瓦列里娅不是我的名字。"

这又是什么意思？难道瓦列里娅这个身份只是伪装？重甲正感不解，"突突突……"一名队员从吧台后的侧门闪出，举起步枪对准金发女的后背开了火。与此同时，又有两名队员出现在大门外，各自举枪瞄准瓦列里娅。守在外围的队员终于赶来增援了。

金发女连中三枪，出乎意料的是，她并没有倒下，反而拔出身前那名队员腰间的战斗刀，甩手就丢了出去。战斗刀拖曳着一道若隐若现的寒光，深深刺进吧台后那名队员的额头。

近距离连挨三枪，竟然若无其事！重甲迷糊片刻，才想到为活捉瓦列里娅，部分队员弹匣里装的是眩晕弹。越野车爆炸后一片混乱，又没有收到龙心兰的指令，他们还没来得及更换弹匣。

重甲不再犹豫，狠狠地扣下扳机，对着瓦列里娅的右膝射出三发点

端木重甲
龙心兰
三禾美智子
欧文博士

射。重甲明白金发女有多厉害，在走出运输机之前，他就把弹匣里的眩晕弹全部换成了穿甲高爆弹。上一次的遭遇已经给了他足够深刻的教训，面对如此可怕的敌人，万万不可疏忽大意。

耳畔枪声骤起，龙心兰也在开火，她枪膛里仍然装着眩晕弹，因此直接对准了金发女毫无遮挡的前额。他们俩距离瓦列里娅不过四五米远，而且蓄势已久，重甲不认为金发女这次还能躲过去。

可惜，两人的子弹再次打空了。金发女缩身避开弹道，同时飞起右脚，把身前的行动队员踹向重甲和龙心兰，然后借力后跃，避开了大门外那两名队员的点射。酒吧中弹雨横飞，但一发也未能击中目标。

飞来的队员砸落在重甲身上，两人顿时滚作一团。等重甲奋力把他推开，才发现金发女已脱去身上的防寒服，露出了里面火红色的连体紧身衣。

重甲再次举枪开火，眼前红影闪动，金发女以一个优美的翻滚动作避开弹道，捡起了那两名警员遗落在地的手枪。双枪并举，火舌喷吐，大门外两名行动队员面罩炸裂，同时仰天倒下。

这个女人，还是人类吗？看着金发女模模糊糊的身影，重甲心中不觉泛起了一股寒意。身边的龙心兰退掉打空的弹夹，回头喝道："愣着干嘛？快开枪！"

话音刚落，金发女已转过身来，两把手枪分别对准龙心兰和重甲，狞笑着扣动了扳机。

龙心兰正在更换弹夹，已来不及躲避。重甲不假思索地横身撞去，将龙心兰撞倒，自己左肩却挨了一枪，也跟着仰天倒下。龙心兰的手枪脱手飞出，她正想起身去捡，一只火红色的长筒皮靴踩在了枪身上。

“你对她还真是一往情深啊。”金发女轻轻踢开龙心兰的手枪，手中双枪稳稳地指着倒在地上的重甲和黑发女子特工，冷笑着，“原本我打算同时杀掉你们两个，这么一来我倒有点犹豫了，或许我应该先杀了这位美女特工。”

正在这时，一位被门板拍晕的队员清醒过来，挣扎着把突击步枪指向瓦列里娅。金发女听到响动，及时回手一枪，正中那名队员的眉心。重甲抓住时机，单臂举起步枪，一口气将弹匣里的子弹全部倾泻而出。

可是，仍然没有击中目标。在重甲开枪之前，金发女已经用一个后空翻避开了弹道，动作优美，堪比职业体操运动员。重甲徒劳地用枪口追逐着那道模糊不清的红色虚影，不停扣动扳机，但连续射出二十多发子弹，直到金发女以凌空后翻跃进吧台后，他也不清楚是否打中了对方。

“伊娃，开枪！”局面已经完全失控，龙心兰只有动用最后一招，命令伊娃控制运兵车制服对方。装甲运兵车上装载的20mm机炮，出膛速度高达1800米/秒，远远超过了突击步枪和手枪。或许只有这种高速出膛的大口径弹丸或高能激光才能对付这位神出鬼没的金发魔女。

“抱歉，命令无法执行。”计算机伊娃那依旧平静的声音透过运兵车的扬声器响起，“射程内有平民，误伤几率高达91.3%。”

面色苍白的女侍应高举双手，缓缓从吧台后站起身来，一支手枪赫然顶着她的太阳穴。躲在女侍应背后的金发女冷笑道：“想杀我？先死的就是这位无辜的女侍应。”

不仅是女侍应，酒吧周围的民居中还有其他居民，无论使用车载机炮还是狙击步枪，都有可能殃及无辜。

“怎么办？”为避免对方听到，重甲使用智能眼镜向龙心兰发送了这句话（智能眼镜可以利用增强现实功能互相传递信息）。

两秒钟后，眼镜片前方就浮出了一行字符，“不用急，我已经下令外围队员使用气体麻醉弹，两分钟后就能到达狙击位。”

这主意不错。重甲把步枪指向吧台，左手则费力地抽出腰间的蟒蛇左手枪，递给了龙心兰。

然而，金发女没有给狙击手留下机会。她挟持着女侍应退进吧台后的侧门，笑嘻嘻地说：“看来今天没法杀掉你们，暂时就到此为止吧。”

金发女的越野车已经炸毁，她怎么走？重甲换上一个弹匣，保持着警惕缓步跟上，龙心兰则唤起受伤的队员，让大家分头包抄。

金发女挟持着女侍应一步步向海边退去，重甲和龙心兰投鼠忌器，只能远远地跟着。几十名小镇居民站在远处探头探脑地观看，有些居民甚至拎出了自家的老式猎枪，但没人敢靠近。

伊托科尔托米特滨临大海，十余分钟后就到了海边。灰蓝色的海面一望无际，海平线上，几座雪白的冰山若隐若现。

金发女拉着女侍应退到一个突出于海面的岬角上，回头看看重甲和龙心兰，高声道：“不用送行了，咱们后会有期。”

说完这句话，金发女推开那名女侍应，腾身跳起，跃入了滔滔碧波之中。

第十五章

乔装入侵

女人看着镜中的脸孔，镜中人也默默地看着她。脸蛋很漂亮，但那不是她自己的脸，镜中那张脸孔属于一位星安局女特工。

今晚，女人要伪装成那位女特工。

嘴唇是艳丽的红色，如同盛开的玫瑰。那位女特工没这么重的妆容，不过无所谓，人们只会觉得她很性感。女人将长长的黑发束在一起，扎成一根马尾垂在脑后，镜中人英姿飒爽，挺干练，但也略显稚嫩，她不明白星安局女特工为什么喜欢这么幼稚的发型。

那位女特工行踪难以捉摸，住址和身份资料都无法查到，好在女人记得她的相貌，还有她的语气和说话方式。监控录像女人已经看了数十次，确信不会露出任何破绽。

伪装完成，女人审视着镜中的自己，嘴角缓缓浮出了一抹冷冰冰的微笑。

电动车缓缓停在一栋略显破旧的大楼前，大门外没有保安，倒是旁边的停车场入口处站了两名配着手枪的年青警卫。就是这里，星球安全理事局的分部，那位年仅十岁的生还者就在里面。

女人再次戴上智能眼镜，做了最后一次确认。地下五层，入口就在旁边的停车场，那里有一个隐藏的电梯间。

女人摘下眼镜，径直把车子驶向停车场入口。一名警卫迎上前来，摆手示意她停车。

“晚上好。”女人放下车窗，对警卫点头微笑。

“晚上好。”警卫板着脸点点头，取出便携扫描仪对准了她。女人毫不惊慌，仍然保持着微笑，等待警卫确认结果。她戴的面罩采用了生物打印技术，除非启用深层生物体扫描或DNA验证，仅凭这种便携扫描仪的智能面部识别功能根本无法识破。

果然，仅几秒种后，警卫就放下扫描仪，退开两步，示意女人可以通过。女人再次甜甜一笑，启动车子，驶进了停车场。

根据定位仪传回的立体结构图，电梯就在停车场的后墙内。女人放慢车速缓缓驶向墙壁，墙面果然左右分开，露出了隐藏的电梯间。

一切顺利，星安局根本没有发现隐藏在硬盘里的定位仪，精英特工应该已倾巢而出，而且端木重甲和龙心兰也会远赴北欧，没有人能够阻止她。她的心上人算无遗策。

可惜，可惜她不能享受亲手杀掉龙心兰和端木重甲的快感。车子驶进电梯，女人嘴角再次浮现那种冷冰冰的微笑。

电梯门缓缓开启，女人走出电梯，迈着优雅的步伐踏进走廊。去第五层要到走廊尽头换乘另外一部电梯，而且需要身份授权，不过，对于女人来说，这些都不算什么问题。

第一层只在入口处站着两名警卫，星安局果然把大部分人手都派了出去。负责留守的大都是文职人员和普通警卫，对她根本构不成威胁。

女人款款走进一间实验室，做出一副无所事事的表情四下打量。实验室里只有三位穿着白色工作服的中年人，两男一女，从胸前的铭牌来看，他们是星安局请来的特别顾问。

“特别顾问，有什么用？全世界的生物学家加在一起也抵不上我的心上人。这些蠢货永远也搞不清我们的目的是什么。”女人嘴角隐隐浮出了一抹略带鄙夷的笑。

“进展如何？”女人从一位大腹便便的中年男子身边走过，抬起左手，优雅地掠了掠垂落在耳边的发丝。大肚子中年人从电子显微镜前抬起头，有些心不在焉，“尚无进展，目前唯一能确定的是这种亚病毒会杀死所有感染者。”

女人不置可否地笑笑，问道：“那位生还者呢？”

“还在下面的密封舱里，王博士认为亚病毒不会二次感染，不过，李副局长认为谨慎一些比较好。”

这位李泰哲应该已经意识到了小生还者的重要性，召集来这么多生物学家，目的就是想从他身上打开突破口。很可惜，李副局长的重视程度还不够。

“继续吧，我就不打扰你们了。”女人用难以觉察的动作把夹在手指间的身份铭牌塞进衣兜，向对方微微点头，之后转身走出实验室。中年男子迟钝得就像一头成年猛犸，完全没有觉察他的身份铭牌已经悄然易主。

女人走到电梯前，取出身份铭牌在验证仪前轻轻一晃，电梯门立即左右滑开。有了这个，星安局大部分区域都能畅通无阻。

“第五层。”女人跨进电梯，等待电梯门合拢。出乎意料的是，电梯里响起了一声温和的电子女声："龙心兰特工，请问您怎么没有携带自己的身份铭牌？另外，您不应该在执行外勤任务吗？"

星安局分部也有中控计算机？女人微微一惊，随口应道："铭牌忘在车上了，而且计划有变，我要回来确认一件事。"

电梯门无声合拢，并开始缓缓下降，那个电子女声没有再次响起。

似乎没有露馅。女人看着自己映在电梯内壁上的面孔，无声地笑了笑。就是露陷了也无所谓，无非是杀几个人而已。除了她的心上人和她自己，别的人都死不足惜，女人向来这么认为。

第五层到了，随着一声脆响，电梯门徐徐滑开。透过刚刚开启的门缝，女人瞥见了两名执枪警卫的身影，他们都端平手枪，紧张地盯着电梯门。

果然还是露馅了，中控计算机并未开启警报，而是通知了警卫。女人毫不惊慌，腾身跳起，手脚分开撑住电梯内壁，如同一只超大号的壁虎，无声且迅速地向上移动，紧紧地贴在电梯顶部。

电梯门打开，却不见人影，两名执枪警卫不觉一愣。他们刚刚放下手枪，女人已经翻身跃出电梯，双脚飞起，分别命中两名警卫的面门。

女人轻盈地落下地来，与此同时，那两名执枪警卫也仰天摔倒，口鼻鲜血迸流，已是昏迷不醒。

"警告！警告！发现入侵者，位置在第五层实验监护区。入侵者伪装为S级特工龙心兰，极度危险！极度危险！"

天花板上亮起了一排排红灯，警报终于响了。女人充耳不闻，捡起掉落在地的那两把手枪，继续向前走。她的步子依旧优雅从容，似乎并未处身于危机四伏的星安局分部，而是正在出席某个盛大庆典，将要面对的也并非枪林弹雨，而是观众们热烈的欢呼。

走廊两侧的房门已全部自动上锁，警戒模式下，只有S级特工授权才能打开。女人走到监护实验室门前，站立片刻，忽然抬起右脚踹在了门板上。铰链断裂，合金门板脱离门框，接连撞倒了数台实验器材，纷纷哐啷落地。

“警告！警告！入侵者不是正常人类，极度危险！极度危险！”一脚踹飞合金门板，即使接受过严格训练的精英特工也无法做到，中控计算机肯定记录下了这一幕，从而得知女人并非正常人类。女人回过头，对着走廊内的监控器微微一笑，缓步跨进实验室。

实验室内两位女护士吓得面无人色，抱着脑袋缩进了墙角里。女人对她们不屑一顾，径直走到房间中央的医疗密封舱前。透过防护罩，能看到一个瘦瘦小小的黑皮肤男孩躺在舱里，双眼微闭，似乎仍在昏迷中。

这个小男孩就是基因病毒事件唯一的生还者。防护罩上显示着男孩的生命体征，似乎并无异常。女人粗略检查一下，随即收起双枪，俯身拔掉插在密封舱上的导线，然后伸手扳住舱壁，竟然把足有数百斤重的医疗密封舱高高举了起来。

一声厉喝在实验室外响起，“不许动！把医疗舱放下！”

女人转过身来。几个红色光点汇集她胸前，正在微微颤动。实验室门外站着六名警卫，四人执有装着激光瞄具的突击步枪，另外两名警卫还提着宽大厚重的防暴盾牌。

“放下就放下，你们接着吧。”女人淡淡一笑，双臂猛然发力，竟然把密封舱凌空掷出。

几名警卫目瞪口呆，急忙左右闪开，那两名提着盾牌的警卫来不及躲避，被凌空砸下的密封舱压在了下面。轰然一声闷响，鲜血和断肢四处飞溅，两名警卫顿时变成了两具残缺不全的尸体。

密封舱刚刚落下，女人也跟着凌空跃出。身体尚在空中，就已拔出双枪，双臂展开，同时扣动扳机。女人用一个优美的前空翻落在医疗密封舱上，双枪左右平举，四名警卫的眉心各自爆出一团血雾，分别仰天倒下。

“不堪一击。”女人轻蔑地笑笑，收起手枪，把密封舱扛上肩头，转身向楼梯间走去。

警戒模式下电梯会自动锁死，但楼梯不会，楼梯安全门对她来说形同虚设。更何况，此时的星安局没人能拦住她。

十分钟后，女人踏上了地面。这是一条小巷，阴暗狭窄，两侧的高楼峭拔如同山崖。

一辆黑色越野车正在巷口外等着她，时间刚刚好。女人把密封舱塞进车厢内，坐进了驾驶座。越野车自行启动，向着茫茫夜色驶去。

“亲爱的，还顺利吧？”车载通讯器中传出了温和的男声。

“一切顺利。”

“很好，尽快回来，我们需要那个孩子。”

“明白。”女人看着后视镜，撕下面罩和假发，露出了自己的脸孔。那张脸很美，金发蓝瞳，眼睛里透着锋利如刀的杀气。

第十六章

基因强化

瓦列里娅居然跳海逃遁，这一招大出意料之外。重甲紧跟着奔到海边，抬头一看，灰蓝色的海水翻滚涌动，一望无尽，金发女已经踪影全无。

重甲端着步枪对准海面，犹豫片刻，又缓缓放下了枪管。子弹射入水面后动能会急剧降低，根本起不到杀伤作用[①]。

北冰洋在四大洋中水温最低，伊托科尔托米特位于格陵兰北部，这里的水温估计不会超过2℃，更可能在0℃以下。就这么跳进海里，到底是逃走还是打算自杀？

龙心兰出现在重甲身边，抬起左臂，对着终端机喝道：“伊娃，扫描这片海域。”

计算机伊娃的声音依旧平静，“正在链接侦察卫星，请稍候。”

也对，海底应该潜伏着接应。果不其然，片刻后，伊娃就再次汇报道：“A013号反潜卫星在本海域海平面一百米下探测到一艘潜艇，型号不

① 水的密度是空气的772倍，粘稠度和阻力都远超空气，因此子弹射入水中后动能会迅速消耗掉。实验表明，大口径机枪也只能在水下射出一米多远，根本不具备杀伤力。与电影不同，现实中的水中作战，需要专用的水下枪械。

明，该艇正在下潜，预计三分钟后就将失去探测信号。”

重甲转头看着龙心兰，试探着问：“能追上吗？”

龙心兰缓缓摇头，叹道：“来不及了，等到调来舰艇，他们已经在数百海里之外了。”

“运输机上有鱼雷吗？”

“没有。”龙心兰再次摇头，语气里带着一丝沮丧，“高空铺路者不是作战机型。”

原本以为有了两组行动队，再加上两辆装甲战车，一定能制服金发女，没想到，仍然低估了对方。

十二名行动队员伤亡过半，此外还搭上了两名本地警察的性命，居然还让嫌犯从容遁去！重甲满腹愤懑，伸手从左肩抠出嵌在防弹衣里的弹头，奋力扔向海面。

呼啸的海风中，计算机伊娃的声音再次响起，“龙心兰特工，发现有人潜入星安局中州市分局，那人伪装成了你。”

“伪装成我？”龙心兰惊讶地张大了双眼。

“是的，请看。”龙心兰的终端机自动在两人面前投射出一幅全息图。画面中是一名身着星安局制服的女子，扎着马尾辫，红唇娇艳欲滴，俨然就是龙心兰。

画面中的女子用优美的前空翻动作跃出电梯，凌空踢昏两名警卫，然后捡起警卫的手枪，不紧不慢地走向医疗实验室。女子在实验室门外站了两秒钟，忽然抬起右腿，一脚踹飞了实验室的安全门。

这一脚得有多大力道？重甲震惊不已。

画面中红灯闪烁，警报响起。女子抬头看向监控器，嘴角微微翘起，露出了一个阴森森的笑。

女子跨进实验室，径直走向房间中的医疗密封舱，她俯下身检查一遍，竟然徒手将密封舱举了起来。接下来，几名警卫赶到，女子回过身，先掷出密封舱，紧接着腾身跃出实验室，在空中拔枪在手，将几名警卫逐一击倒。

能把几百公斤重的医疗密封舱像丢铅球一样扔出去，这名女子和那位瓦列里娅一样，她们两个绝对不是正常人类！

“该名女子的目标就是基因病毒事件中的生还者，拿到密封舱后，她就经下水道逃出了中州市分局，目前去向不明。”伊娃将画面定格在女子再次举起密封舱那一瞬，并调出了金发女瓦列里娅的照片，“经过比对，我发现这位闯进星安局的女子有可能就是跳海逃走的瓦列里娅，她们两个的相似度高达89.7%。”

闯进星安局的女子和瓦列里娅是同一个人？重甲大为不解。龙心兰也面色微变，摇头道：“不可能！这不可能！一个人怎么能同时出现在距离数千公里的两个地方？”

“我也不明白，但按照现有数据来分析，暂时找不到其他的可疑对象，只能认为她们是同一个人。”星安局中央电脑仍然坚持自己的看法。

重甲和龙心兰面面相觑，都有些搞不清状况。一时拿不出对策，两人只好返回小镇，安抚受伤的队员，并联系星安局后勤组前来善后。十二名行动队员六死四伤，只有拿着狙击步枪的两名队员安然无恙。在星安局行动队历史上，这样的惨败恐怕还是第一次。

两个小时后，高空铺路者再次腾空而起，直奔中州市方向而去。

机舱内的气氛很压抑。受伤的队员靠坐在一起，个个垂头丧气，龙心兰则独自坐在机舱角落里，咬着嘴唇，低头不语。

行动失败，而且伤亡过半，龙心兰肯定很难过，而且还在自责，毕竟她是本次行动的指挥官。重甲走到龙心兰身边，想逗她开心，可惜他体内压根就没有幽默细胞，况且，现在也不是讲笑话的时候。

默然片刻，重甲指指舷窗外，“你看，我发现了一件怪事。”

龙心兰漠然瞟了重甲一眼，没有说话。

舷窗外，太阳的位置似乎一直没有移动，始终低低地悬浮在地平线上方。重甲故意做出一副疑惑不解的表情，“我是不是被爆炸给震晕了？已经快十点钟了，太阳还那么低？”

龙心兰头也不抬，解释道：“我们现在处于北极圈之内，到了冬季，太阳才会落下去。”

“极昼和极夜，对对，我竟然把这事给忘了。”重甲拍拍额头，“估计就是被爆炸给震晕了，我以前没这么笨。”

龙心兰把目光转向重甲，淡淡地说：“你不用想办法安慰我，我的心理素质没那么差。”

“那就好。”重甲在龙心兰身边坐下，摇着头苦笑道，“我向来不太擅长安慰别人，不过你也不用自责，这位瓦列里娅的战斗力远远超出了我们的想象，就是再增加一倍人手，恐怕也抓不住她。”

龙心兰默然片刻，叹道：“其实，我早应该想到的。”

重甲耸耸肩，“你又不是预言家，能够未卜先知，怎么会想到瓦列里娅的战斗力这么强？”

“三年前，我们在维兰德科技总部拿到过基因战士增强计划的部分资料，其中有提到他们的目标就是创造出瓦列里娅这样的超级战士，速度、力量、耐力、协调性、灵敏度、身体柔韧性、抗毒性、自愈能力等等都远远超过正常人类，但外表和普通人类并无区别。”龙心兰停顿片刻，“现在看来，瓦列里娅应该就是基因强化战士的最终形态。”

重甲摇摇头表示反对，“维兰德科技已经不存在了，基因战士增强计划应该也没有完成。”

“是啊，我也是这么想的，但现在来看，我们都错了。”龙心兰又叹了一口气，“有人一直在暗中进行基因增强计划的研究，并成功造出了完美的基因强化战士。”

“可是，主持研究的欧文和三禾美智子都已经死了，维兰德科技委员会成员还关在监狱里，还有谁了解这个计划？”

“据我所知，没有人。相关人员不是死于维兰德总部，就是被关进了监狱。李泰哲副局长已经派特工审讯过他们，得到的答案是没有其他人知晓基因战士增强计划。”

沉默片刻，龙心兰幽幽地道：“仅仅两个基因强化人就有这么可怕的战斗力，世界各国一直对基因战士增强计划很感兴趣，现在你知道原因了吧。”

重甲点点头，叹道：“全部由基因强化战士组成的军队，其战斗力就只能用‘恐怖’二字来形容了！”

第十七章

杀手再现

返回星安局分局，安顿好受伤队员后，龙心兰径直带着重甲走进了副局长李泰哲的办公室。

李副局长依然西装革履，端坐在办公桌后，显得沉静自若。但这一次，他并没有起身给两人倒酒，而是两手支着下巴，默默地看着重甲和龙心兰，似乎在等他们做出解释。

龙心兰稍稍低下头，轻声道："对不起，我没能抓住瓦列里娅，让她逃了。"

李泰哲坐直身子，漫不经心地挥了挥手，示意两人坐下，"我已经看过了伊娃录制的行动视频，嫌犯是基因强化战士，实力太强，超出了我们所有人的预料，错不在你。"

等到龙心兰和重甲落座，李泰哲又苦笑着补充道："咱们的老巢都差点让人端了，要怪也只能怪我，没有想到对手会这么肆无忌惮。"

龙心兰挺起胸膛，道："我已经让伊娃全天候监控，只要瓦列里娅再次露面，伊娃立即就能找到她。"

李泰哲默默不语，隔了一会儿，才说："嫌犯故布疑阵，先抛出'神之子'，再把你们引到格陵兰，然后才闯进来带走幸存者。你们有没有想过，他们如此大费周章的目的是什么？”

龙心兰从容答道：“他们需要幸存者来继续基因病毒的研究。”

“正是如此。”李泰哲点点头，“王夕韩教授也是这么认为，这种病毒并不完善，所以他们需要那位小幸存者。”

二百四十三名感染者中只有一人幸存，死亡率高达99.6%，这么高的致死率，难道还不够完善？重甲发了一会儿呆，叹道：“疯子！一心一意想要毁灭人类，真是疯子！”

听到这句话，龙心兰微微一愣，随后侧过头看着重甲，目光显得非常奇怪。重甲不解地道：“这么看我干什么？难道我说错了？”

龙心兰秀眉微颦，像是在回答重甲，又像是在自言自语，“很显然，瓦列里娅只是一名小卒，她身后的大Boss还藏在暗处。这位不知名的对手思维缜密异常，他们每一步行动都经过了精心计算，可说是毫无破绽，至今我们也没能搞清楚瓦列里娅的真实身份，更不用提她身后的大Boss了。很难想象，这样的人会是疯子。”

重甲反驳道：“把无辜的人们当作实验品，研究足以毁灭全人类的基因病毒，你觉得正常人会干出这种事来？”

龙心兰缓缓摇头，“我没说他是正常人，我只是说，他绝对不是疯子。”

李泰哲摆摆手，道：“你们先不要争论，无论瓦列里娅背后隐藏着什么人，我们都要尽快把他找出来。”

龙心兰站起身来，说道：“明白。”

“好了，你们先去休息一下吧。”李泰哲摆了摆手，又叮嘱了一句，“还有，我送你们那两把手枪，记得随时带在身上。”

那两把X1000个人防卫系统还放在龙心兰的电动轿车里，经过格陵兰一役，两人再不敢有丝毫大意，就赶到车库，把两把枪取了出来。

龙心兰收起手枪，提议道："去射击场吧，你需要尽快掌握这种武器。"

重甲自然毫无异议，老老实实地跟着龙心兰乘上电梯，来到了位于第三层的射击场。

X1000个人防卫系统是当前最先进的智能型单兵武器，可以自动锁定目标，发射包括追踪弹、制导寻踪弹、高爆弹、穿甲弹、开花弹、多头子母弹、空爆弹在内的多种弹头。枪身附带DNA身份认证，不仅能够声音遥控，还能链接个人终端，利用终端机遥控或锁死枪械。

在此之前，重甲从未用过这么先进、操作又如此繁琐的手枪。

"在使用X1000之前，首先要进行个人DNA验证，用右手握紧枪柄，稍微有点疼，记得不要松手。"龙心兰用右手拔出X1000，平胸举起，瞄向射击场尽头的移动靶。

重甲学着龙心兰的模样，也用右手握紧枪柄。掌心和五根手指传来隐隐约约的刺疼，似乎有数不清的小针同时刺进了皮肤。重甲紧握枪柄不放，约三秒钟后，痛感消失，枪身左侧的电子屏由红变绿。龙心兰笑着点点头，"可以了，从现在开始，只有你才能使用这把枪。"

龙心兰随手取过几盒子弹，放在两人面前的枪台上，又卸下X1000的弹夹，解释道："与传统武器不同，X1000的弹夹可以同时装多种子弹，并且根据需要切换子弹排列顺序，你只要说出需要发射的子弹种类，弹夹就会自动切换。"

龙心兰在三个弹盒中各取出一枚子弹，依次放进弹夹，再将弹夹合上，指着枪身侧面的电子屏说："弹容量为二十发，这里显示了剩余弹量，并注明了子弹种类。”

重甲凑过去仔细看看，电子屏显示：弹余量为3，顺序为穿甲弹余1，高爆弹余1，多头弹余1。

龙心兰再次举起X1000，轻声道：“高爆弹。”然后扬手扣动了扳机。

X1000发射的声音不算太响，听上去短促有力，枪声未落，射击场尽头的一个移动靶已经随声爆开，无数碎片四处飞溅。

高爆弹威力十足，而且子弹出膛速度极快。有了这种强力武器，再对付瓦列里娅就容易多了。重甲脸上不动声色，心中却在暗暗赞叹。

龙心兰再次把X1000举到重甲面前，“看到了吧，原本第一发是穿甲弹，接到声控指令后，射出去的就是高爆弹。”

“明白了，用个人终端怎么遥控？”

“你看着。”龙心兰把X1000平放在枪台上，枪口指向远处的胸靶，自己却一直退到三米开外，才抬起左腕，对着终端机说，“多头弹，三秒后发射。”

1，2，3，三秒钟后，枪声骤然响起，子弹出膛的后坐力使手枪在枪台上转了几个圈，差点掉落在地。再看远处的枪靶时，靶面上已经多出了几个小小的弹洞。

龙心兰又走回来拿起手枪，道：“明白了吧！”

重甲连连点头，赞道：“明白了。比如枪膛里装着制导寻踪弹，只要利用终端机锁定目标，即使把枪丢在一边，照样也能击中。”

“对，如果使用普通弹头，最好提前把枪身固定起来，不然子弹出膛产生的后坐力会影响射击精度。”

两人在射击场里待了两个多小时，重甲才算彻底掌握了X1000的全部功能。等到他们开着电动轿车离开星安局大楼时，已经是红日西沉。

重甲习惯性地摸出香烟，道："不厌其烦地教了我这么久，为表示感谢，我请你吃饭。"

龙心兰浅浅一笑，摇着头说："不不，还是我请你，你替我挡了一枪，我记得呢。"

重甲喷出一口烟雾，笑道："那不算什么，替你挡枪也不是一次两次，我早已经习惯了。"

电动轿车驶上大街，融入滚滚车流之中。龙心兰侧过脸看着重甲，幽幽地道："之前你的理由是为了保护雇主，这次呢？理由又是什么？"

夜幕降临，华灯初上，车厢中暗香浮动，又有无数点点星光在黑发女子特工的眼眸深处隐隐闪烁。古人笔下的目若朗星，大概就是这个意思吧。

那目光令重甲怦然心动。

重甲下意识地转向车窗外，避开龙心兰的目光，答非所问地道："那也好，你请就你请，老实说，你收入比我高多了。"

没能听到想要的回答，龙心兰默然片刻，低头在中控面板上轻点几下，转口道："去阿利诺吧，我能订到位子。"

黑发女子特工喜欢他。重甲望着窗外渐渐亮起的霓虹灯，心中默默地想。可他喜欢龙心兰吗？喜欢她这个人，还是喜欢她那双眼睛？

重甲还不清楚自己是喜欢这位性感女特工，还是因为她的眼睛太像去世的妻子阿梅。

"警告，发现嫌犯。"车子刚刚驶到一座立交桥下方，刺耳的警报声突然响起。紧接着，一副电子地图浮现在前挡风玻璃上，图中，一个红色光点正在飞快闪烁。

“嫌犯在迅速移动中，距离你们约300米。不，现在是200米，100米……”

话音未落，轰然一声，车身随之震动不已。一道突如其来的红影从天而降，稳稳地落在电动车引擎盖上。透过挡风玻璃，重甲和龙心兰看到了金发女带着冷笑的脸孔。

第十八章

疾速追杀

“原来端木重甲也在，还真是个意外惊喜。”身穿红色紧身衣的金发女半跪在引擎盖上，唇角挂着笑，眼神中却透着一股锋利如刀的杀气。

见鬼！瓦列里娅居然没有躲起来，反而主动前来挑衅！重甲既惊又怒，用眼角向龙心兰匆匆一瞥，发现黑发女子特工目光中也满是惊讶，显然瓦列里娅主动现身完全超出了她的预料。

重甲伸手握住腰间的枪柄，厉声喝道：“你到底想干什么？”

“我说过，我要杀了你们。”金发女举手过肩，从背后抽出了一把寒光闪闪的武士刀，“你们两个这么健忘吗？”

电动轿车还在行驶中，但金发女就像钉在了引擎盖上，纹丝不动。大道上车辆密密麻麻，许多乘客和路边的行人都看到了这一幕，纷纷投来满含惊异的目光。

重甲拔出X1000，尚未抬起手臂，枪管已被龙心兰一把按下，“我们不能杀她，还有，这里不是交手的地方，车辆和行人太多了，容易伤及无辜！”

“哈哈哈哈！”金发女仰首向天，发出了一阵尖利刺耳的怪笑，“你们顾虑真多，不过，还是先想想怎么保住性命吧。”

话音刚落，雪亮的刀光骤然闪过，如同电光一线，穿透前挡风玻璃，直奔龙心兰额头而来。龙心兰早有防备，及时缩身避开，刀光擦肩而过，深深地刺进了座椅靠背。

龙心兰这辆车是防弹轿车，高分子玻璃能够抵挡近距离大口径步枪的轰击，居然被金发女一刀刺穿！

“穿甲弹。”重甲一声低喝，随即举枪对准金发女右肩，扣动了扳机。

枪声响起，隐隐约约的烟波在空中贯过，前挡风玻璃上赫然出现一个圆圆的弹孔。金发女收刀低眉，看着自己的右肩，眼神中闪过了一丝惊异，随即再次挥刀，隔着玻璃劈向重甲。

车厢内空间有限，好在武士刀劈开高分子玻璃后，速度稍稍慢了那么一瞬，重甲才得以勉强避开。

金发女肩头有一道数公分长的弹痕，可惜，也仅仅是一道弹痕。子弹穿透防弹玻璃后速度也变慢了，未能击中她的要害。

龙心兰也拔枪在手，却犹豫着不敢扣动扳机。X1000的射程远超过普通手枪，重甲明白，女特工害怕波及路面上的车辆和路边的行人。

不过，金发女说得对，这种时候，还是保命要紧。重甲再次举枪瞄准金发女的胸口，喝道：“多头弹。”

噼噼啪啪一阵乱响，前挡玻璃上多出了七八个弹痕，每个弹痕中都嵌着一枚小小的弹头。多头弹的侵彻作用[①]远低于穿甲弹，没能穿透防弹玻璃。重甲毕竟还不太熟悉这种新式武器，忙乱中竟然忘记了每种子弹的杀

① 侵彻作用：指具有一定速度的弹丸、破片、金属射流等侵彻物，依靠本身的动能侵入或贯穿目标体的破坏作用。

伤力和作用效果都不太一样。

“原来两位有了新式武器呢，不过，似乎没什么用。”金发女再次哈哈大笑，身影闪动，腾身跃起，倏忽间就没了踪影。

头顶上方传来一声轻响，似乎有一什么小东西落在了车顶上，紧接着，刀光穿破车顶，笔直刺下。重甲急忙闪身躲避，但已是慢了一瞬，刀刃划破衣袖，在他左上臂开出一道长长的口子，顿时皮破血流。

见此情景，龙心兰终于不再犹豫，举枪对准车顶，“穿甲弹，三发连射。”枪声震响，合金车顶顿时多了三个弹孔，却不知是否命中目标。

下一秒，金发女的脸孔又在左窗外出现，武士刀透过车窗，刺向龙心兰的脖颈。龙心兰及时放平座椅靠背，上身平躺，刀光贴着她的鼻翼掠过，斩断了几根发丝。龙心兰的动作再慢上半秒钟，脑袋就会被一刀刺穿。

重甲掉转枪口，指向瓦列里娅的眉心，但不等扣下扳机，眼前刀光闪烁，第二刀又直奔他面门而来。重甲尽力缩成一团，勉强避过，准备开枪时，眼前已失去了对方的踪影。

“在右边！”龙心兰及时提醒。重甲回过头，恰好看见寒光四射的刀尖穿破车窗，劈面而至。危急时刻，他背后的座椅靠背突然放平，重甲失去依靠，全身后仰，险险躲过了这一刀。

路面上全是车辆，重甲和龙心兰不敢胡乱开枪，无法完全发挥X1000的威力。而且车厢太过狭窄，活动范围很有限，他们两个就像被关进铁笼内的老鼠，只能任人宰割。

“警告！放下武器！你的行为已经严重危害了公众安全！警告！放下

武器……”空中响起了尖利的警笛声，显然有警察用无人机正在接近。但几秒钟后，警笛就戛然而止，紧接着，一架圆盘状的小无人机拖着黑烟和火星凌空坠下，打着旋儿跌落在地面上。

也不知金发女用什么武器击落了无人机。重甲游目四顾，一时却看不到瓦列里娅的身影。龙心兰取出自己的智能眼镜，急促地说：“戴上这个。”

真是急昏了头！重甲暗暗咒骂，急忙从怀里摸出智能眼镜戴在脸上。他再次左右张望，终于看到了金发女的身影。瓦列里娅正站在左侧一辆数米高的厢型车上，武士刀斜斜指向车顶，满头金发随风飘拂，宛如从动作电影中走出来的女杀手。厢型车与他们的电动轿车隔着一个车道，距离至少五米开外，也不知她什么时候跳了过去。

视野中没有车辆阻隔，也没有行人，好机会！重甲将枪口对准金发女，大喝道：“穿甲弹，三发齐射。”

枪管震动，三枚穿甲弹破窗而出。然而子弹刚刚出膛，金发女就已腾空跃起，整个身体化做一道红色虚影，如同急电穿空，在重甲和龙心兰还未做出任何反应之前，就撞在了他们的电动轿车前引擎盖上。

沉闷的爆裂声响起，电动车引擎盖塌陷变形，重甲感觉身体一轻，昏暗的天空和道路两侧的车流在视野中急速隐去，似乎世界在眼前颠倒了过来。随后他才意识到，整个车身已经离开地面，凌空翻过。

“警告！已经无法保持平衡，请注意安全！”车载智能系统还在运行，及时发出提醒。与此同时，耳边又响起了龙心兰急促的声音，“伊娃，无人机就交给你了。”

不等重甲搞清楚龙心兰的话是什么意思，前方和左右两侧的安全气囊啪啪弹开，遮挡了重甲的视线。

伴随着撞击和刺耳的摩擦声，电动轿车又落回地面，在惯性作用下向前滑行。重甲头下脚上，又目无所视，只有一面努力护住要害，一面摸索着把龙心兰揽在怀里，紧紧抱住。

好像经过了一个小时，又好像只过了半秒钟，车子终于撞在某个物体上，吱吱嘎嘎地停了下来。

重甲挣扎着拔出腰间的短刀，划破气囊。转头看时，才发现龙心兰额头鲜血淋漓，已经昏了过去，车子则像撞上一根路灯杆，底盘朝天停在路边，四轮仍在嗡嗡空转。

身着红色紧身衣的金发女再次出现在视野中，臀部夸张地左右扭动着，不紧不慢地向他们走来。武士刀拖在她身后，刀尖划过地面，溅起了一溜火星。

“站住，把刀子放下！”一男一女两名警察出现在不远处，各自用手枪指着金发女的后背，“把刀子丢掉！举起双手，不然我们就开枪了！”

金发女眉头微皱，停下脚步，缓缓举起双手。

从瓦列里娅来袭到现在不过几分钟时间，警察来得够快，可惜只有两个人。重甲想提醒警察小心，可不等重甲开口说话，眼前红影闪动，金发女已掠到那名男警察身前，刀光亮如闪电，从他喉间平平划过。

鲜血飞溅，男警察两眼中满是惊恐和难以置信，丢掉手枪捂住喉咙，踉踉跄跄地向后退去，接着仰天倒下。“砰！”女警开火了，但弹丸仅在电动车上溅出一溜火花，未能击中目标。金发女又掠到女警察面前，武士刀深深地插进了她的胸口。

果然，警察根本不是基因强化战士的对手。重甲想抬手开枪，却见两手空空，X1000不知丢到了哪里。他左看右看，才看到那把大手枪就卡在座椅和车厢间的夹缝里。

重甲努力伸长手臂去抓手枪，可指间刚刚碰到枪柄，武士刀突然凭空而来，稳稳地横在他面前。重甲浑身僵硬，缓缓转过头，发现金发女就蹲在车边，笑眯眯地看着他。

刀刃上的鲜血缓缓滴落在重甲脸上，暖暖的犹有余温。重甲看着金发女的双眼，尽量让自己显得比较平静，“在你动手之前，我能不能问个问题？”

“问吧。”

“我一直感到很奇怪，你为什么一定要杀我们？”

金发女稍稍俯下身，眼神中透着亢奋和疯狂，“因为，你们曾杀过我。”

曾杀过她？这话是什么意思？重甲正想追问，低沉的枪声突然响起，一枚细小的弹丸凌空飞来，正中金发女执刀的手腕。金发女五指一松，武士刀锵然坠地，刀刃在重甲左颊上划出了一道长长的伤口。

还有增援？重甲惊喜莫名。

金发女母豹一样弹起身来，转头四顾。“咻咻咻”，又有三发子弹凌空而至，金发女一连几个跟头倒翻而出，弹丸击中地面，溅起了片片碎石。

远处响起了隐隐约约的警笛声，大队警察正在赶来。

“这一次算你们运气好，咱们下次再见。”金发女跃到一个下水道入口旁边，飞起一脚，将下水道井盖踢得凌空飞起，正好挡住两发射来的子弹。重甲挣扎着拔出X1000，再看金发女时，她已经跃进了下水道。

一架小小的三角形无人机不知从何处飞来，悬停在重甲面前，“非常抱歉，操控无人机飞出来浪费了不少时间，我没能救下那两位警察。”

是伊娃。龙心兰的电动车里还搭载了一架“暗箭Ⅲ”小型无人机，在昏迷之前，龙心兰把控制权交给了伊娃。

重甲费力地摆摆手，苦笑道：“不用抱歉，你救了我们，我要谢谢你才是。”

伊娃仍然是那副平静自若的口吻，“不用谢，行动队和警察三分钟后就会赶到，你们已经安全了。”

第十九章

克隆重生

重甲半躺在病床上，感觉浑身上下都被灌满了某种流体，又酸又疼。左侧的病床上，龙心兰头上缠着绷带，仍然双眼紧闭，昏迷未醒。

房间很大，有卫生间和淋浴，还有茶几和一张长沙发。病床对面的墙壁上有一面巨大的电子屏，共有十六个分割画面，每个画面中都有一两名特工和行动队员的身影。

他们两个并不在医院，而是待在星安局的某个安全屋里，并由两组行动队员和多名精英特工保护。重甲认为引蛇出洞是个好主意，应该安排他们两个住进医院，以引诱对方现身，但李泰哲不愿拿属下的性命去冒险。

“因为，你们曾杀过我。”重甲一直在思考这句话，却始终没想明白是什么意思。重甲是杀过不少人，但他确信其中并不包括女人和孩子，那是他的原则。

“你们”，金发女这么说，自然是指重甲和龙心兰两个人曾经杀过她。不过，认识龙心兰之后重甲也没有杀过女人，那次受雇于龙心兰，是为了调查维兰德生物科技，而且调查过后，重甲和龙心兰就再也没有联系，直至如今。

在那次调查中……确实有一个女子是因为重甲和龙心兰而死。沉思片刻，重甲心中忽然一震，某个尘封已久的名字从脑海深处闪电般跳了出来。

那个名字是——三禾美智子，已经死去三年的女人。

三年前，因为一桩幼女失踪案件，重甲认识了龙心兰。案件调查牵扯出了一个更大的阴谋，其幕后首脑就是三禾美智子和欧文博士。但是三禾美智子已经死于维兰德总部爆炸，欧文则死于自杀。星安局从废墟中挖出了美智子那面目全非的尸体，经过DNA鉴定，确认死者就是三禾美智子。

美智子确确实实已经死了，死人怎么可能复活？然而，除了三禾美智子之外，重甲实在想不到还有谁会对他们怀有如此深仇大恨。

重甲感觉脑袋隐隐涨痛，索性起身下床，在病房中来回踱步。外面负责安保的探员听到动静，推开门看了看，发觉没有异常，向重甲点点头，又合上了房门。

在房间里来回踱了十几圈，重甲忽然停下了脚步。一个可怕的念头在脑中悄然泛起，让他后背隐隐发凉。

维兰德科技曾是最庞大最先进的生物科技公司，毫无疑问，他们拥有成熟的人体克隆技术。世界各国都禁止克隆人类，违者将遭受严惩，但重甲相信，欧文和三禾美智子肯定不会严格遵守法律规定。

难道美智子提前克隆了她自己？维兰德本身就在进行基因增强计划，瓦列里娅战斗力如此可怕，难道是美智子把自己的克隆体当作了实验品？还有那种基因病毒，原本就是美智子和欧文研究出来的东西，没有人比他们更了解那种病毒！如果三禾美智子还活着，欧文博士是不是也依然在世？

无数念头纷沓而来，让重甲头昏脑涨。他走到窗前，伸手想把窗户推开，然后才记起，安全屋整个房间都是密封的，根本就没有窗子，墙壁上的窗口不过是电子显示屏而已。

“你怎么了？头疼？”

重甲闻声回头，才发现龙心兰不知何时已经醒了，正躺在床上静静地看着他。重甲急忙走到病床边，轻声道：“你醒了，有没有感到哪里不舒服？”

中央电脑伊娃早就给龙心兰做过全面体检，黑发女子特工只是因为脑部震荡而昏迷，并无大碍，相比之下，反倒是重甲受伤更重。可重甲还是不由自主地问出了这句话。

龙心兰虚弱地笑笑，“我没事，只是脑袋还有点晕晕的。”

“伊娃诊断你受到了中度脑震荡，肯定是撞在了前挡玻璃上。”重甲在床沿坐下，苦笑着，“还好你有先见之明，及时让伊娃控制了无人机，不然咱们俩肯定无法生还。”

龙心兰摇摇头，叹道：“倒不是我有先见之明，而是基因强化战士太过可怕，我根本没时间分心去操控无人机。”

“说起这个来，我倒是想了一件事。”重甲收起笑容，皱起了双眉，“你记不记得三年前的三禾美智子？就在咱们潜入维兰德科技那次，她跳进倒塌中的大厦，摔得粉身碎骨。”

“怎么会不记得？”龙心兰脸上的笑容也渐渐褪去，“那是我最惊心动魄的一次经历。”

重甲看着龙心兰的双眼，缓缓道：“我怀疑美智子并没有死，瓦列里娅就是三禾美智子。”

“你刚刚想的就是这件事，对吗？”

“是的。”重甲点点头，“维兰德科技曾是世界上最先进的生物科技公司，肯定拥有成熟的人体克隆技术。美智子应该提前就克隆了她自己，所以瓦列里娅才会说我们曾杀过她。而且，维兰德科技进行过基因增强的研究，瓦列里娅战斗力如此可怕，应该是美智子把她自己的克隆体当作了实验品。”

龙心兰的双眼中满是疑惑，“我们曾杀过她？瓦列里娅说的？”

“对，就在你昏迷之后，她亲口告诉我的。”

龙心兰也皱起了一双秀眉，抬起头看着天花板，默默不语。

“这么说来，倒是能解释得通。”良久，龙心兰才收回目光，“恐怕，克隆美智子的并不是她自己，而是欧文。

“为什么这么说？更大的可能是他们两个都提前准备好了自己的克隆体。

“欧文博士城府极深，三年前的调查我们就差点死在他的谋划之下。如果不是美智子贴身带着他们两个的合影，我们根本不知道欧文就是幕后黑手。而且，欧文的死是他自己的精心安排，他的尸体被吞噬杆菌①吞噬的干干净净，所以我们不可能从尸体上发现任何端倪。

“欧文让克隆替身代替他自杀，然后躲起来继续自己的研究。基因病

① 吞噬杆菌：又称为自噬型芽孢杆菌，某种幻想中的生物武器，平时需要低温冷藏，接触常温后菌株就会迅速激活增殖，释放出高烈度分解酵素，把接触到的所有物体统统融解。

毒原本就是他和三禾美智子的发现，而且欧文说过，基因病毒是他们取得成功的关键，所以他要想方设法完善这种病毒。

“三禾美智子个性很强，她不适合躲在幕后出谋划策。这次的基因病毒事件滴水不漏，调查难度极大，很像欧文的风格。而我们都认为他们两个已经死了，根本就不会怀疑到欧文和美智子头上。

“美智子认为我们破坏了他们的计划，所以要来找我们报仇。从她的行动间隔来分析，欧文应该不赞成她的复仇计划。

“还有，伊娃认为潜入星安局的疑犯和瓦列里娅是同一个人，由此推测，欧文不止克隆了一个美智子，他把经过基因强化的美智子当作了自己的武器。”

“真是见鬼！原来咱们的对手是死而复生的怪物！”重甲站起身来，想抽根烟，却又发现身上既没有香烟也没有打火机，只得又坐回原地。

龙心兰从病床上坐起身，“我们应该立即向李副局长汇报。”

重甲按住龙心兰的肩膀，劝道：“你还没有完全恢复，最好不要起床活动。”

“我没事，这个消息很重要，应该立即汇报。”

龙心兰起身下床，拆掉绷带，简单收拾一下，就又恢复了昔日的机敏干练。她一面把头发挽在脑后，一面打开个人终端机，开始呼叫李泰哲副局长。

几秒种后，视频接通，一个小小的全息屏投射在重甲和龙心兰面前。画面中西装革履的李泰哲向两人微微点头，随后关切地看着自己的下属，问道：“这么快就起床了？不再休息一下？”

“我的伤不要紧，轻微脑震荡而已。”女特工向上司表示过感谢，就直接进入了正题，“我和重甲有重要消息，需要立即向您汇报。”

“什么消息？”

“三年前死去的欧文和三禾美智子，很有可能还活着。”

第二十章

秘密会面

“欧文博士和三禾美智子还活着！”

“你说什么？”李泰哲似乎失去了往日的镇定，显得极为愕然。

龙心兰尽量用简洁的话语把瓦列里娅的话和他们两人的推测向上司做了汇报，最后又补充道：“综合以上分析，我们认为欧文和三禾美智子还活着，他们可能就是基因病毒事件的幕后黑手。”

李泰哲沉吟许久，才摇着头道：“只凭一句话就能认定两个死去已久的人还活着？”

“长官，你曾经告诉过我，追查真相就要排除一切可能，无论这种可能看起来有多么荒诞。

“瓦列里娅一再声称要杀了我和重甲，显然对我们怀有深仇大恨。而且，她亲口告诉重甲，说我们曾经杀过她。在三年前的调查中，欧文博士使用吞噬杆菌自尽，我们没能得到他的尸体。死去的欧文很可能只是一个克隆体，而真正的欧文还活在世上。”

李泰哲沉默片刻，忽转口道：“先不谈这个，昨天，按照你们得到那本日记中提供的线索，我们包围了一个‘神之子’的聚会点，成功抓获三名‘神之子’成员，现在正在审讯中。

“然而，就在半小时前，我突然接到了一封电邮，对方要求我去见面，并声称知道是什么人释放了基因病毒。

“对方没有留下姓名，只留下了这个。”

画面稍稍转动，重甲和龙心兰再次看到了那种金色面具，左半边是温和的笑脸，右半边却张牙露齿，狰狞可怖。

很显然，对方在利用这种面具来表明身份。龙心兰咬着嘴唇，表情略显紧张，“长官，您去赴约吗？”

“当然要去。”李泰哲摊开双手，苦笑着，“他们神通广大，居然能查到我的私人号码，并毫无声息地破解层层加密，况且，他们很可能会提供重要情报。我没有理由不去赴约。”

“长官，这有可能是一个圈套！”龙心兰不由自主地提高了嗓门，“他们的目的也许是挟持你，并威胁我们释放被抓获的‘神之子’成员。”

李泰哲笑了，“这或者是一个圈套，但也可能是一个机会，我不能错过。”

对目前的星安局来说，基因病毒释放者的真实身份无遗是最大的诱惑。龙心兰思索片刻，抬起头，“您如果一定要去，请带上我和重甲。”

华灯初上，绚丽多彩的霓虹灯和全息广告连绵无尽，几乎与夜空中的星光交汇在了一起。

重甲望望窗外，窗玻璃上映出了他的身影，带着智能眼镜，黑西装，白衬衣，黑皮鞋，还系着黑色暗花领带。头发梳理得一丝不乱，脸颊也刮得干干净净，看不到半根胡茬。

似乎很多年没打扮的如此隆重了，看上去倒还挺帅。重甲盯着玻璃窗中自己的面孔，嘴角浮出了一抹略带讥讽的笑。

这身西装是女特工逼着他穿上的，因为重甲此刻的身份是李副局长的贴身保镖，不能再像以前那样邋遢。

此处距离地面足有一千三百多米，维兰德科技总部坍塌之后，中心大厦就成了中州市最高的建筑，而会面地点，就在中心大厦顶层的观景台。

观景台四壁和地板全部是高分子玻璃，透光度很好，放眼望去，如同立身云端。西装革履的李泰哲正站在长窗前向远处眺望，面色镇定依旧，龙心兰同样穿着一身黑西装，戴着智能眼镜，双手负在背后，一动不动地站在副局长左侧。

黑发女子特工看上去英姿飒爽，只是眼眸深处隐隐透着几分不安。重甲明白，她在担心李副局长的人身安全。

会面地点和时间都是“神之子”提出来的，龙心兰担心有埋伏也很正常。不过，李泰哲抵达之前，探测小组已经反复搜索过，并未发现有摄像头或是隐藏的爆炸物。

对方并未限制会面人数，所以龙心兰和重甲就充当了李泰哲的贴身保镖。此时此刻，下面的楼层有二十多名伪装成平民的行动队员，附近每一栋大楼都隐藏了狙击手，还有几架无人机在四周游曳，另外还有一架武装直升机停泊在数百米外的楼顶天台，以便随时候命。

如此严密的布防，应该不会出什么问题。就算瓦列里娅再次来袭，也不可能带走李泰哲。

时间一分一秒地流过。中心大厦正面就是圣摩西大教堂，夜色中，塔楼顶端那座巨大的时钟清晰可见。指针已经指向了九点，对方仍然没有现身。

难道“神之子”临阵退缩了？脑海中刚刚浮起这个念头，智能眼镜前方就闪出了一条讯息：来了。

重甲下意识地看看四周，夜空中灯火辉煌，但看不到什么飞行器正在接近。等他把目光转向电梯间时，才发现楼层指示灯不住变换，电梯正在上升。

几分钟后，电梯门打开，一位披着连帽黑斗篷的人从电梯内缓步而出。

来者刚走出电梯就停下了脚步，掀开兜帽，静静地看着李泰哲，对龙心兰和重甲却视如不见。他脑袋上带着那种半边笑脸、半边怒容的金色面具，只露出一双眼睛，看不出真实面目。

此人并未携带武器。重甲迅速用智能眼镜扫描了来人，仅发现面具不能透视，其余却未见异常。就这么孤身赴会？胆子未免也太大了吧？重甲不由自主地瞟了龙心兰一眼，却发现女特工脸上也带着几分疑惑，显然她也搞不明白对方的意图何在。

李泰哲转过身平静地看着来者，并未迈步上前，也没有开口说话。来人也静静地审视着他，似乎在等着李泰哲先开口。

令人尴尬且紧张的沉默持续了几分钟，来人终于哈哈笑道：“李副局长，您果然来了。”

李泰哲不喜不怒，平静地说：“有什么要求或条件，尽管开口。”

“李副局长倒是个爽快人，那我就开门见山了。”来人再次嘿嘿一笑，“星安局抓了我们三位同胞，我们希望你能尽快释放他们，作为回报，我可以告诉你们是谁释放了基因病毒。”

“释放基因病毒的难道不是你们？”

“当然不是，‘神之子’和那种事根本没有半点关系。”

“我曾听过不少关于‘神之子’的传闻，据说每当有人泄露关于‘神之子’的消息，就会被灭口。而现在，这三个人的身份已经暴露了，而你们居然要换回他们，是不是说明他们对你们来说非常重要？”

“我们是一直在隐藏行踪，但我们不是杀人狂，除非万不得已，否则我们不会轻易取人性命。”

“是吗？”李泰哲笑了，“明朝天启年间的王恭厂爆炸事件，不正是‘神之子’亲手策划的吗？爆炸中死了多少人？两万？还是三万？”

“那次爆炸确实和我们有关，但归根究底，却是因为锦衣卫的愚蠢。”来人坦然直视李泰哲，继续说着，“被锦衣卫捉拿的官员是‘神之子’的重要人物，他家中藏着一件被称为‘神灵之锤’的圣物。锦衣卫带走神灵之锤并胡乱摆弄，最终才引发了大爆炸。”

“圣物？神灵之锤？”李泰哲皱起了眉头。

来者点点头，“想必你应该明白，我们‘神之子’信奉的神灵不同于上帝或佛陀，他们是真实存在的。”

“他们”，重甲敏感地捕捉到了这个词。看来，“神之子”信奉的神明不止一位。

李泰哲笑着摇摇头，“这个我还是暂持保留意见吧，您继续。”

来者迈起了方步，边走边道：“在上古时代，神灵曾和我们人类居住在一起，从那时起，‘神之子’就开始全心全意地侍奉神灵。后来，神们离开了地球，在离开之前，神给我们留下了几件圣物，‘神灵之锤’就是其中之一。”

“几件圣物？”

“对，但请原谅，我不能把另外几件圣物的名称告诉您。”来人单手抚胸，向李泰哲微微躬身。

李泰哲看着对方面具上那两个黑漆漆的眼孔，忽而笑道：“想必你也知道，星安局已经布下了天罗地网，你就不怕我把你抓起来，再严刑逼问。”

“哈哈哈哈！”来人忽然仰天大笑，但声音干巴巴地，听不出半点笑意。

“如果害怕，我还会来吗？”来人陡然收起笑容，站定脚步，看着李泰哲，冷冷地说：“加入‘神之子’那天起，我的生命就不再属于我自己。

“每一位‘神之子’成员的生命和灵魂都属于至高无上的神，地球上发生的任何事，对我们来说都无足轻重。”

‘神之子’也是一群疯子，而且比欧文和三禾美智子疯得更厉害。看着来人透着疯狂的双眼，重甲不由自主地想。

“我之所以说了这么多，就是想让您知道，‘神之子’对制造基因病毒威胁人类那种事毫无兴趣。”来人走到窗边，抬手指向星空，“‘神之子’的归宿在遥远的星海之中，不在地球。”

来人回过头，又稍稍放低声音，道：“而且我相信，相比于挖掘‘神之子’的秘密，搞清楚到底是什么人释放基因病毒才是你们星安局的第一要务。”

李泰哲默然片刻，终于开口问道：“那么，你们认为是谁释放了基因病毒？”

“放了我们的人，我自然会告诉你。”

李泰哲毫不犹豫，抬起左腕，打开终端机，简短地说：“放人。”

来人也抬起手腕，看着自己的终端机，似乎在进行确认。几分钟后，他才抬头道：“散播基因病毒的是你们星安局的老熟人，两个原本早该死去的人，欧文·肖，三禾美智子。”

“欧文和美智子？”李泰哲皱起眉头，看看龙心兰，又看了看重甲。

来者似乎感到有点奇怪和意外，侧过脑袋，“怎么？你们已经知道了？”

李泰哲并未回答，而是反问道：“你怎么知道欧文·肖和三禾美智子还活着？”

来人再一次笑了，“非常简单，欧文能造出克隆体，并成功把自己的意识转移到克隆体之内，是因为‘神之子’帮了他们。”

难怪“神之子”知道欧文仍然在世，原来他们和欧文早有勾结！重甲和龙心兰互相看看，不约而同地拔出了手枪。来人后退半步，摇着双手说：“不要误会，‘神之子’并不是无偿帮助欧文，而是一个交换，我们需要维兰德科技的细胞端粒修补技术。不过，我们对欧文要做什么事并不清楚，更不感兴趣。欧文给了我们端粒修补技术，我们则给了他意识转移技术，从那以后，‘神之子’就再没有和欧文有过任何交集。”

第二十一章

自杀疑云

那人走得很慢，每走出百十米就要停下来休息一会儿，让重甲很不耐烦。

追踪这位“神之子”成员，搞清楚他的真实身份，这是李泰哲交给重甲和龙心兰的任务。重甲感觉“神之子”说得很对，找出欧文和三禾美智子才是首要之急，但龙心兰并未表示异议，他也只有点头同意。

重甲和龙心兰坐在电动轿车里，低头看着终端机投射的全息屏，屏幕上的红点代表了重甲的电子侦察蝇，那位“神之子”成员披着的斗篷非常宽大，侦察蝇可以轻而易举地爬进去。

红点距离他们并不远，离开中心大厦已经将近一个小时了，这人还在两个街区之内徘徊。

会面结束后，来人再次搭乘电梯离开，李泰哲随即给重甲和龙心兰下了命令。龙心兰提议使用电子侦察蝇，还好重甲随身带着那玩意儿，就立即放出一只侦察蝇，悄悄追上了来人。

出乎意料的是，来人并未乘坐任何交通工具，而是再次罩上兜帽，沿着中心大道漫步而行。

重甲叼上一支香烟，看看身边的黑发女子特工，终于忍不住问道：

“你不觉得我们不应该浪费时间去追这位‘神之子’吗？”

龙心兰盯着全息屏上慢慢移动的小红点，头也不抬地说：“李副局长怀疑星安局已经被‘神之子’渗透了，而‘神之子’至今也没有表露出任何意向，这一点让人很不安。”

重甲闻言一惊。肩负全球安危的星安局竟然会被“神之子”渗透？各国政府和联合政体呢？会不会也已混进了“神之子”的成员？

“神之子”是一群极其狂热的信徒，他们已经存在了数千年，始终潜伏不动，确实有必要搞清楚他们的底细。

沉思半晌，重甲摇头叹道：“两个死而复生的克隆人，再加上一群狂热的‘神之子’信徒，真让人头疼！”

龙心兰抬起头，莞尔一笑，打趣道：“现在才感觉头疼？恐怕已经晚了。”

重甲摇头叹息，点燃香烟，深深地抽了一口，转头望向窗外。不知何时下起雨来，街头的行人稀疏了许多，霓虹灯和夜空中的全息广告投影在湿漉漉的地面上变幻出了光怪陆离的图案，雾蒙蒙的雨丝在绚丽斑斓的光影中缓缓洒落，如烟如雾。

雨夜的都市美如梦幻，但也有一种很不现实的感觉，让人倍感压抑。

龙心兰侧过脸看了重甲一会儿，好奇地问：“怎么突然变这么深沉？在想什么？”

“没什么。”重甲摇摇头，随口说道，“我在想如果三禾美智子，或者说那位瓦列里娅再次出现，不知道咱们还能不能活命。”

“据我分析，美智子不会再次袭击我们，她那么做应该没有经过欧文的同意。况且，就算她再次出现，我们也不用担心。”龙心兰从置物箱里取出两个黑色手环，将其中一个递给重甲，“把这个手环和你的终端机并在一起，戴在手腕上，终端机会自动识别。”

重甲接过手环，疑惑地问：“这是什么？”

龙心兰解释道：“这是SE-X，改良后的体能增强剂，效果比我们以前用过的体能增强剂稍差一点，但副作用更小。与终端机并联后，一旦遭遇危机情况，你就可以通过智能眼镜下令注射，起效非常快。因为个体差异性，药效持续5到8分钟不等，每个手环内置三支体能增强剂，用完后就要更换。”

重甲把手环套在左腕上，抱怨道：“这么好用的东西怎么不早拿出来？”

“现在也不算晚嘛。”龙心兰笑着说道，“这玩意是专供总统卫队的，我写了申请才能拿到。”

手环和个人终端机颜色相同，乍一看去，就像终端机稍微加宽了一些，戴上后并无任何不适。重甲左右端详片刻，叹道：“希望这玩意能有用。”

将近两个小时之后，屏幕上的小红点终于停止移动，那人似乎已经抵达了目的地。

重甲从屏幕上收回目光，转头望向窗外。霓虹灯和全息投影变得遥远而且朦胧，雨还在下，路面在昏暗的街灯下泛着层层水光。看不到行人，街道两侧的店铺大都低矮狭窄，很多已关了门，寂静中透着几分阴森。

这里是下城区，那位“神之子”成员就在跳蚤市场的某处。

“下车吧，我们跟上去。”龙心兰戴上智能眼镜，把车子停到路边，推开了车门。重甲点点头，也戴上智能眼镜，跟着推门下车。夜风裹挟着雨丝劈面而来，清凉中带着几分寒意，令人精神为之一振。

穿过两条窄窄的小巷，距离目标已不足五十米，重甲示意龙心兰放慢脚步，一面警惕地打量着四周。

周围未见异常，此刻已是午夜，又下着雨，几乎没什么人在户外走动。那位“神之子”成员就待在某间店铺内，门开着，屋子里也没有亮灯，透过墙壁，重甲发现还有三个带着面具的人并排跪在那人身前。

重甲微感疑惑，指指那三个人影，低声问：“这是怎么回事？”

“我也不太明白。”龙心兰微微摇头。浸透了雨水的发丝紧贴在女特工脸颊上，此刻的龙心兰似乎没有了那种英姿飒爽的感觉，反而略显娇柔，让人心生怜悯。

龙心兰抹抹脸上的雨水，又补充道：“这三人就是星安局逮捕的‘神之子’成员，释放他们之前，审讯组在他们体内注射了微型定位仪。”

“原来你们早有准备啊。”重甲抬起左腕，在终端机上轻触几下，“我把侦察蝇的拾音器放大，看能否听到什么。”

听不到说话声，终端机中只传出了沙沙的静电噪音。电磁屏蔽？为什么还能接收侦察蝇的定位讯号？重甲拔出X1000，再次游目四顾，提醒道：“小心，对方可能已经发现了咱们在追踪。”

话音刚落，那间店铺中突然亮起了熊熊火光，在黑沉沉的雨夜中显得异常醒目。重甲定睛一看，发现火光的源头竟然是跪倒在地的那三位“神之子”成员。

要杀人灭口？重甲正在思索，龙心兰已拔步向那间店铺奔去，“快，快去救人！”重甲犹豫片刻，也急步跟了上去。

奔到店铺门外，重甲和龙心兰又同时停下了脚步。那三名“神之子”

成员仍然直挺挺地跪在店铺中央的空地上，浑身上下火光熊熊。火焰的颜色很奇怪，呈淡蓝色，给整间店铺都渡上了一层淡淡的蓝光。更令人震惊的是，三个人竟然一声不吭，默默忍受着火焰吞噬肌肤的剧痛。

三人对面，那位戴着面具的男人端坐在一条短凳上，双手支着下颌，静静地看着自己的伙伴。火光跳跃，映得他的面具也忽明忽暗，显得诡异可怖。

重甲再次用智能眼镜扫描那三个人，发现他们已经死了，生命体征已经全部消失。

龙心兰上前一步，举枪对准那人，厉声道："他们是你的同伴，你居然把他们活活烧死！"

"你错了，"面具男子转头看着龙心兰，"他们是自杀而死。"

"我说过，我们的生命和灵魂都属于至高无上的神，为神灵献出生命，对每一位'神之子'成员来说，都是莫大的荣耀！"

重甲也把枪口指向面具男子的额头，冷冷地说："你也这么认为吗？"

"当然。"对方转向重甲，平静地说，"让圣火洗尽污垢，才能抵达神之殿堂。"

蛊惑信众，让信众心甘情愿地为其而死，这所谓的"神之子"简直就是一个彻头彻尾的邪教！

火焰的温度似乎非常高，短短几分钟，那三位"神之子"成员就已完全碳化，空气中弥漫着皮肉烧焦的气味，令人恶心欲呕。

过不多久，火焰渐渐熄灭，地面上只留下了三具灰黑色的人形雕像。夜风吹过，三具雕像骤然坍塌，变成了三堆细细的黑灰。

能在这么短的时间内把人体完全碳化，这种火焰有问题！重甲心生警惕，再次扫描面具男，却仍然没有发觉任何异常。对方的斗篷就是普通植物纤维，也没有暗藏夹层，唯一无法透视的就是那个金色面具。

“‘神之子’从未想过消灭人类，你们跟踪我毫无意义。”面具男平静地看着龙心兰，“请回去转告李副局长，‘神之子’不是星安局的敌人，欧文·肖和三禾美智子才是。”

面具男把手伸进斗篷，捻出那只电子侦察蝇，举在面前看了看。又转头看着龙心兰和重甲，用力把侦察蝇捏成薄薄的一片，随手丢在地上，淡淡地说：“不要再跟踪我了，我再重复一次，‘神之子’没有参与基因病毒事件，你们在我这里找不到答案。”

说完这些，面具男站起身，用兜帽遮住脑袋，走进了雨夜之中。

回到车上，龙心兰低头不语，似乎有点气馁。重甲却毫不在乎，点上一根香烟，慢悠悠地道：“不用担心，我们能查出这小子的身份。”

“你有什么办法？”龙心兰抬起眼皮，似信非信地看着他。

重甲指指自己的终端机，“我的侦察蝇也是升过级的，体内有纳米粘附剂，那小子捏坏侦察蝇，就等于把粘附剂涂到了自己手上。七天之内，无论他跑到哪里，我都能找到他。”

第二十二章

亚种病毒

“你的办法还真有用，那位‘神之子’成员的身份已经查到了，他叫洛根。”

第二天一早，重甲就接到了龙心兰的电话，那位面具男果然没能发觉手指上沾着纳米粘附剂。

“洛根？”

“你不记得了？我们曾经和他见过一面。”

龙心兰打开视频，发来一张图片。其中是一名中年人的全身照，那人身材高大健硕，满头金色短发，表情冷漠，似乎是北欧人种。

重甲努力在记忆中搜寻一会儿，终于点头道：“我想起来了，三年前追踪三禾美智子的时候，咱们和这小子交过手。”

“对，就是他，当时他不过是圣西蒙的高级雇员，现在已经是安全主管了。”

圣西蒙，维兰德科技瓦解之后，圣西蒙基因科技就是世界上最大的生物科技公司。“神之子”已经钻进了圣西蒙公司上层，或许，当年的维兰德也有“神之子”安插的眼线，又或许，三年前欧文和美智子就已经怀疑洛根是“神之子”的人。

重甲盯着洛根的照片看了看，问道："咱们怎么办？还要继续调查他吗？"

"不，不用，李副局长让我们暂时不要打草惊蛇。"龙心兰摇摇头，"还有，洛根的真实身份不要告诉任何人，这件事只有你我和李副局长三个人知道。"

重甲感觉有点不快，勉强点点头，忍住气反问道："你觉得我是那种多嘴多舌的人？"

龙心兰显然觉察了重甲的不悦之情，解释道："你不要误会，李副局长认为星安局已经被'神之子'渗透了，消息一旦泄露，洛根恐怕也会自焚而死，我们就将前功尽弃。"

这么解释倒还有点道理。星安局目前要全力应付基因病毒事件，没有余力兼顾"神之子"，而且"神之子"防范严密，洛根这条线索一旦断掉，一切就要从头开始。

思索片刻，重甲的不快渐渐散去，随口问道："被烧死的那三个家伙都是什么人？"

"一个是大学教授，一个是普通市民，他们两个倒还没什么影响力，第三个人就很厉害了，她叫莎拉，是中州市前任商会会长的夫人。"

"莎拉？"重甲微微皱起了眉头，感觉好像在哪里听过这个名字。

龙心兰提醒道："他老公死的不明不白，警方怀疑是谋杀，但至今还没查到什么线索。我去找你那天，电视里正好在播放那条新闻。"

"想起来了，原来是她，会长夫人。"重甲恍然大悟，连连点头。龙心兰不满地瞪着他，"你怎么什么事都记不住？"

重甲耸耸肩，满脸无辜地辩解道："并不是所有人都拥有你那么恐怖的记忆力。”

“你这算奉承还是挖苦？”龙心兰摇着头笑了，“吃完饭你来一趟吧，王教授好像有所发现。”

一小时后，重甲来到星安局分部，在第二层的实验室里见到了龙心兰和穿着白大褂的王教授。王教授正全神贯注地摆弄一台电子显微镜，完全没有发觉重甲的到来。

重甲走到龙心兰身边，问道：“有什么发现？”

龙心兰竖起一根手指放到唇边，轻声道：“稍等一会儿，王教授说他还有一个疑问。”

听到两人说话，王教授抬起头来，看到重甲站在龙心兰身边，随口招呼道：“你也来了，很好。”

重甲点头致意，不等他答话，王教授又已低下头，继续全神贯注地摆弄电子显微镜。科学家好像都有这种怪癖，一旦专注于某项研究，就会忘记他人的存在。重甲略觉尴尬，又不能掉头离开，只能一声不出地站着。

许久之后，王教授终于回过身，摘下眼镜，摸出一块脏兮兮的眼镜布来回擦拭着镜片。

“王伯伯，有什么发现？”龙心兰问。

“很奇怪，很奇怪，非常奇怪！”王教授又把眼镜戴回脸上，两眼茫然看着前方。隔了一会儿，他又突兀地转过身，指着一张电子屏说：“你们看看这个。”

电子屏上是一个杆状的病毒三维模型，似乎就是以前见过的基因病毒。重甲正想开口，龙心兰已说道：“基因病毒的原株，你刚刚说过的。”

“哦，我已经说过了吗？”王教授挠挠头，又扶扶眼镜框，“这种病毒原株极易灭活，一旦暴露在自然环境下，几十秒钟内就会失去活性，无法利用空气作为传播媒介，不会造成大规模感染。”

这些话王教授以前似乎也说过，重甲在心里默默念叨。

王教授挥挥手，另一个病毒三维模型出现在电子屏上，看外观与第一个毫无区别，“这个是在受害者体内发现的亚种基因病毒，两者的外观没有差别，但已经能够在自然环境中保持活性。

“亚种病毒可以杀死宿主，而且能在自然环境中存活将近八个小时，已经初步具备了大规模传播的条件。

“而且……”王教授习惯性地扶着眼镜框，回过身看着龙心兰和重甲，“经过这些天的研究，我发现，这种亚病毒还能够再次变异。

“这种病毒具备拟态能力，拥有能够伪装成宿主细胞，并破坏正常细胞的功能。你们应该知道。CRISPR序列与Cas9蛋白结合就可以实现基因编辑，这个你们应该也知道。你们还记得这种病毒接近宿主细胞时会伸出一个类似触手的突起吧？这种基因病毒的触手让它也可以像CRISPR-Cas9系统那样精准地定位特定基因。当然，它并不具有修复和重新启动的功能，只是纯粹地破坏。也就是说，再次变异的病毒可以具有基因识别[①]功能，不会再像之前那样无差别地感染所有人群。”

再次变异？基因识别？这些是什么意思？重甲听得一头雾水。

① 基因识别：生物信息学的一个重要分支，意指使用生物学实验或计算机等手段识别DNA序列上的具有生物学特征的片段。识别的对象主要包括蛋白质编码基因、RNA基因和调控因子。

“也就是说，再次变异的基因病毒如果同时感染我和重甲，我们有个人会死，而另一个却安然无恙，是这个意思吗？”

“大致如此。”王教授严肃地点点头，“具备基因识别功能的亚种病毒能够杀死目标人物，而同时被感染的其他人却最多只会感冒。

“为易于区分，我把最早的病毒称为原型病毒；变异后的病毒称为亚种病毒；而再次变异的病毒，就称为Ⅰ型亚种病毒。

“原型病毒没有威胁；亚种病毒能够造成大面积感染；而具有高度特异性的Ⅰ型亚种病毒，则可以作为专用于暗杀的基因武器。”

Ⅰ型亚种病毒具有高度的特异性，选择性地作用于目标人物，而对其他人却毫无影响。这玩意简直就是杀手专用利器！

思索片刻，重甲心中忽然微微一动。有了足以消灭全人类的亚种病毒，为什么还需要Ⅰ型亚种病毒？岂不是多此一举？

正在思索，王教授又开口道：“我一直感到很奇怪，如果释放基因病毒的人想消灭人类，他们完全可以在人口密集地区尽情投放亚种病毒，但直到现在，他们也没有任何动作，实在让人想不明白他们要干什么。”

怎么没有动作？他们带走了生还者，还差点杀掉我和龙心兰。重甲默默地想。

龙心兰提醒道：“他们闯进星安局，带走了那名生还者。”

“对对，这个我倒忘了。”王教授扶扶眼镜框说，“但我还是想不明白，作为可以大规模杀伤人类的基因武器来说，亚种病毒已经很完美了，他们带走那名生还者要做什么？”

重甲插嘴道：“毕竟有一位生还者嘛，他们是不是感觉死亡率还不够高？”

王教授转头看看重甲，摇头道：“不，我看未必，未必是这个原因。”

那又是什么原因？重甲想再追问，但王教授已经低下头，再一次陷入了沉思。

第二十三章

网络直播

女人端坐在机舱内，静静地望着下方的小镇。她有点不悦。

得知她擅自向端木重甲和那位性感女特工复仇后，主人大发雷霆，指责女人打乱了他的全部计划。

女人没有反驳，她知道，主人是对的，她没能成功杀掉龙心兰和端木重甲，反而泄露了自己的身份信息。当时女人认为已胜券在握，没有想到那位女特工如此狡猾，竟然还暗藏了一架小型攻击无人机。

经过之前的两次较量，女人认为赏金猎手和那位性感女特工不过如此。显然，她低估了敌人。

永远不要低估自己的敌人。主人说过这句话，可她仍然犯了这种错误。

昨晚，女人和她的分身们努力取悦主人，几乎用尽了所有花样，最终总算打消了他的怒火。

龙心兰很聪明，端木重甲也不蠢，现在，星安局应该已经知道了他们的真实身份。女人望着窗外，幽幽地叹了一口气。旁边那位穿着鼻环，戴着耳环的青年男子立即缩起身子，怀里紧紧地抱着一台微型摄像机，满脸惊恐地看着她。

女人转过身看着青年男子。这人叫什么来着？对了，他叫理查，是一位网红博主，拥有众多粉丝。这小子胆小如鼠，既懦弱又无能，女人把理查抓来时，他居然尿了裤子。女人不明白为什么会有那么多人喜欢他。

主人特意让女人把理查抓来，并带上理查去释放改良后的基因病毒。主人没有解释这么做的目的是什么，女人也没有问，因为她知道，主人的决定永远是正确的。

女人全心全意地爱着主人，不需要任何理由。

直升机在减速，并缓缓降低高度，目的地快到了。

女人侧过头，默默地看着下方的小镇。这儿距离中州市很近，星安局得知消息后立即就会赶到，留给她的时间并不多。不过没关系，女人喜欢这种安排，这样才够刺激。

天气晴朗，无风，病毒会在6–8小时内失活，不会扩散到中州市。有点遗憾。在女人看来，这世界太过拥挤，死的人越多越好，可惜主人并不那么想。

一些小镇居民发现了这架直升机，注目观看一会儿，又纷纷移开目光。人们已经见惯了各种各样的飞行器，这架外观毫无出众之处的直升机并不能引起他们的兴趣。但居民们并不知道，这架直升机配备着最先进的ALO战术干扰系统，拥有很强的电子干扰能力。干扰发射机一旦打开，整个小镇的无线网络就将全部瘫痪。

愚蠢的家伙们，他们不知道死神正在从头顶上方飞过。女人轻蔑地笑笑，伸出一根手指，轻轻按下了发射键。

干扰发射机打开，看不见的电波四面八方呼啸而出。过不了几分钟，小镇居民们就会发现不能再访问网络，也没法拨打电话。他们很快就会意识到这些异常现象和悬停在空中的直升机有关，可惜的是，他们活不到那么久。

随着轻微的嘶嘶声，四枚近乎透明的小圆球从机身两侧的发射筒中射出，分别飞向东西南北四个方向。小圆球在阳光下划过一条弧线，飞出约二百米远，才在自身重力作用下坠向地面。

小圆球的直径不到五公分，用二氧化碳干冰制成，里面封装着改良后的基因病毒。撞击地面后圆球就会粉碎，释放病毒，而干冰碎片很快就将融解蒸发，不留下任何痕迹。

四枚圆球，释放出的基因病毒足以覆盖整个小镇。

这次还会有人幸存吗？女人盯着一枚坠向地面的小圆球，好奇地想。小圆球落在一栋三层别墅前，跌成了无数碎片。

“小子，该开工了。”女人收回目光，抬腿踹了理查一脚。青年男子手忙脚乱地抱起摄像机，把镜头对准地面。

几分钟后，第一位死者出现了。那是一位正在侍弄花草的老人，他没有惨叫，也没有惊呼，只是丢掉手里的花剪，慢吞吞地向家门口走去。没走几步老人就倒下了，四肢摊开，软绵绵地躺在草地上。

第二位死者和第三位死者是同时出现的。两名年轻女孩正坐在花圃边的长凳上欢快地聊着天，不知怎地突然就闭了嘴。一名女孩哆嗦着蜷起身子，慢慢歪倒在长凳上；另一名女孩站起身来，似乎想走开，但两条腿却绊在了一起，然后一头栽倒。

死者越来越多，每个人都一声不出，连挣扎也没有，就那么悄无声息地躺在了地上。某栋建筑里偶尔会响起一两声瓷器碎裂的声音，应该是死者打翻了餐盘或酒杯。人们一个接一个地倒下去，如同突然被抽去灵魂，只留下一具具空荡荡的躯壳。

女人无动于衷地看着，心如止水，没有半分波澜。只不过死掉一小群人而已，没什么大不了。

一百三十多亿人类生活在这个世界上，每天都要消耗掉上万吨粮食，并制造上万吨垃圾。每一分钟，就会有几吨塑料垃圾被倒进大海；每一年，海洋中的塑料垃圾就会增加800万吨。

地球人类愈来愈多，与此相反，其他生物却在日渐减少。据统计，全世界每一天都会有多达76种生物灭绝，每一小时，就会有3种生物永远在地球上消失。

地球环境污染极其严重，生态圈已接近崩溃，而人类就是罪魁祸首。适当清除掉一部分人类很有必要，可惜主人并不那么想。主人还是太善良了，主人认为每一个生命都有其存在的价值，女人并不这么认为，但她没法说服主人。

女人听到了牙齿打颤的声音，闻声转头，发现端着摄像机的理查脸色惨白，正在浑身颤抖。

“小子，稳住。”女人沉下脸，冷冷地说。理查抹一把脸上的冷汗，再次端平摄像机。

最终，整个小镇变得一片沉寂，只能听到直升机旋翼在嗡嗡作响。

基因病毒真是绝佳的人类清除工具，女人满意地笑笑，从怀里取出一只口罩扣在脸上。直升机当前高度是一百米，没有风，按说病毒不会扩散到这个高度，但小心一点儿还是有必要的。

女人关掉干扰发射机，转向理查，“开始上传。”

“是，是，我这就上传。”理查手忙脚乱地打开个人终端机，准备上传录像。女人把双臂抱在胸前，冷冷地看着他。

“可以了，可以了，已经上传完毕。”理查胸脯急剧起伏，一副想要呕吐却又不敢吐出来的样子。女人轻蔑地瞥了他一眼，打开自己的终端机，她要确认理查是否已经全部上传。

理查擦着额上的汗珠，可怜巴巴地说：“现在，可以放我走了吗？”

确实已上传完毕，访问量瞬间就突破了一万，这小子粉丝真的很多。女人满意地点点头，转过脸看着理查，微笑道：“很好，你走吧。”

理查向机舱外瞄一眼，战战兢兢地说：“那个……能先找地方降落吗？就近就行，我可以走回去。”

“没那个必要。”说完这句话，女人打开舱门，抬起腿，一脚把理查踹出了机舱。理查哇哇惨叫着跌向地面，两腿乱蹬，双手乱舞，但一切只是徒劳。

真像一只垂死挣扎的青蛙。女人微笑着关上了舱门。

主人没说如何处置理查，但女人认为不应该让理查活着，她讨厌这种哗众取宠的人。“人类无声无息地成为娱乐的附庸，毫无怨言，甚至心甘情愿，其结果就是我们成了一个娱乐至死的物种。”[①]而为人类提供娱乐消遣的，就是理查这种人。

惨叫声戛然而止，跌出机舱的理查已经摔得粉身碎骨。

是时候撤退了，星安局和警察很快就会赶来。女人在中控面板上设置好方向和速度，然后把双腿交叠在一起，舒舒服服地靠在了座椅上。

---

① 出自尼尔·波兹曼《娱乐至死》。

第二十四章

消息泄露

淡淡的青烟袅袅升起，懒洋洋地在头顶上方萦绕盘旋，重甲盯着被烟雾遮挡的天花板，心里盘算着要不要再给龙心兰打个电话。

重甲已经三天没见龙心兰了，从星安局返回后，龙心兰让他在家待命，却没有做出更多解释。重甲无所事事，尝试联系黑发女子特工，得到的回答却是让他耐心等待。

大胖子宅男像是真的爱上了女黑客朴东珠，每天都要打电话询问案情进展，重甲不想让好朋友过于担心，就用不能泄露星安局行动计划为理由，让大胖也耐心等待。

重甲曾怀疑李泰哲或黑发女子特工在拿他当诱饵，结果并未在公寓周围发现星安局的埋伏，而金发女子也没有再度现身。或许龙心兰分析的没错，欧文并不赞同三禾美智子的复仇行动。

第四天傍晚，重甲吃过晚饭，正百无聊赖地躺在长沙发里抽烟，手腕上的个人终端忽然剧烈地震动起来。

重甲抬起左腕瞥了一眼，终端机电子屏上，正是龙心兰的面孔。有进展了！重甲心中一喜，腾地坐起身来，接通了视频。

“重甲，快来楼顶，有紧急情况！”画面中，龙心兰的表情异常严肃。

重甲急忙按灭香烟，坐直了身子，“什么情况？”

“快出来，见了面我再给你解释。”

龙心兰的声音很急切。重甲不敢再问，急匆匆地穿好衣服，抓起手枪和随身装备，就冲出了家门。

一架银灰色的小型直升机停在天台正中的停机坪内，机身侧面印着星安局的闪电盾标志。直升机并未熄火，舱门大开，龙心兰正在其中正襟危坐。

女特工显然已经等得很不耐烦，一脸焦急地看着快步奔来的重甲。重甲钻进机舱，刚刚坐稳，直升机就已腾空而起，呼啸着向东方飞去。

“出什么事了？又有病毒感染事件？”重甲扣上安全带，迫不及待地问。龙心兰点点头，“对，而且这次距离很近，就在中州市郊区的长湖镇。”

长湖镇！重甲心中剧震。长湖镇距离中州市不过半小时车程，与边远地区不同，居民众多，而且其中不少人都在中州市工作，这次会死多少人？又该怎么封锁消息？病毒会不会扩散到中州市？

“什么时候发现的？”

“二十分钟前，伊娃发现长湖镇出现网络异常，似乎有电波干扰现象，于是调用卫星察看，结果发现大批居民已经死亡。事发当时曾有一架不明型号的直升机在小镇上空悬停，之后飞向东方。”

网络异常？“伊娃及时汇报了这一情况，李副局长立即派出一组行动队，队员赶到之后，才发觉居民们是因基因病毒感染而死。”

“那架直升机呢？追上了吗？”

龙心兰摇摇头，“没有，星安局只有直升机和无人机，速度不够快，而且对方已经飞出上百公里，李副局长申请联邦空军支援也没能追上。那架直升机一直向太平洋方向飞去，几分钟前刚刚坠入海面，目前海岸警卫队已经派出搜救舰，希望能尽快打捞上来。”

上一次瓦列里娅（三禾美智子）就是跳海逃生，这次又来这一手。看来欧文这条老狐狸早有计划，根本不会给星安局留下任何有用的线索。

默然片刻，重甲心头泛起了一股浓浓的疑惑。为什么选择在长湖镇释放基因病毒？如果欧文和美智子当真打算消灭人类，为什么不在人员更加密集的中州市或别的大城市？他们到底要干什么？

不等重甲询问，龙心兰又开口道：“重甲，你打开终端机，看看新闻。”

看新闻？什么意思？重甲有些不解，还是依言打开终端机，切换到新闻频道，把全息屏投射到两人面前。

全息屏中的女播音员眉头紧皱，表情略显愠怒，似乎在极力压抑自己的不满，“……据可靠消息，这种神秘病毒已经造成了近千人的死亡，联合政体并未拿出任何有效的应对方案，与此相反，他们在极力隐瞒消息，企图蒙骗民众，对于这种侵犯公众知情权的举动……”

见鬼！基因病毒的消息已经泄漏了！重甲略感懊恼。老实说，他向来认为媒体报道不会对此类案件有任何助益，反而会造成民众的恐慌情绪，只会给调查带来不必要的困难。

不过，星安局也是刚刚发现，媒体怎么这么快就知道了？重甲心生疑惑，不由问道：“消息是怎么泄露的？”

“就在长湖镇出现网络异常之后，伊娃发现某个网络个人公众号发布了一个‘基因病毒肆虐’的帖子，仅几分钟内转发量就达到了十万。博主对基因病毒事件所知甚详，不仅注明了三起事件爆发的时间和地点，还配有大量图片，所以引起了各大权威媒体的重视。

“还有，博文中还附带了这次基因病毒事件的全程录像。”龙心兰看着全息屏中满脸义愤的女播音员说道，“伊娃无权删除民众发布的博文信息，等到李副局长授权时，事态已经无法控制了。”

毫无疑问，是三禾美智子或欧文博士故意散布消息。重甲随手按灭香烟，问道：“能确认这位博主的身份地址吗？”

“已经确认了，博主叫理查，粉丝很多，而且，他就住在中州市。”

就在本地？重甲又是一愣，心中隐隐浮出了一种不祥之感。龙心兰转头看着重甲，补充道：“已经有两组行动队赶往理查的公寓，估计不等我们到达长湖镇就能把他控制起来。”

再次出现基因病毒感染事件，而且消息泄露，就在他们谈话的时候，无数信息流正以光速通过互联网传往世界上每一个角落。很快，全世界的人都会知道这种可怕的基因病毒。民众将会如何反应？各大媒体又会如何反应？还有各国政府和联合政体，又会如何反应？

无数念头纷沓而来，在脑海中冲突不已。重甲摇头叹道：“这下麻烦了！”

沉默中，长湖镇已宛然在望。

整个小镇周围已经扯起了一圈血红色的警戒带，在暮色中异常醒目。镇子上空，有七八架直升机正在往来盘旋，似乎在喷洒消毒药剂。

直升机迅速飞近，重甲看到镇子入口处已经架起简易隔离墙，并用无菌塑料设立了检疫通道，两辆装甲车和几辆印着星安局标志的越野车停在附近。隔离墙尚未完工，远处，不少身穿全封闭工作服的人和工程机器人正忙着施工，此外每隔不远还站着两名身穿全封闭作战服，手提自动步枪的联邦士兵。

镇子入口外远远地停着七八辆警车，刺目的警灯闪烁不已。路面上，一辆辆装甲战车和装载着建筑材料的工程车犹在隆隆驶来。

直升机放慢速度，缓缓降落在路边。龙心兰拉开舱门，当先钻出机舱，重甲也跟在她身后跳下了直升机。

周围有很多制服警察和星安局特工，还有不少身穿全封闭工作服的人来来去去，没有人过来招呼他们。龙心兰指指附近的一栋简易房，道："李副局长已经进去了，走吧，咱们先去换衣服。"

走进简易房，一位配着手枪的短发女特工迎上前来，先用手执扫描仪确认了他们的身份，才递过来两套连体衣，吩咐道："就在这里换衣服吧，你们的外衣和随身物品可以放在旁边的柜子里。"

简易房是临时搭建的，根本没有换衣间，甚至连隔帘也没有。重甲略觉尴尬，接过连体衣，一时有些犹豫。龙心兰倒是毫不介意，随手打开旁边的立柜，脱掉上衣就丢了进去。重甲见状，只得走过去，打开另一个立柜，开始脱衣服。

龙心兰脱掉外衣和长裤，就开始穿连体衣。黑发女子特工光洁的大腿一览无余，灯光略显昏暗，原本白皙的肌肤洋溢着淡淡的玫红。重甲心中略感悸动，忙转过头脱掉长裤，拎起自己那件连体衣。

连体衣是双层的，除了高分子材料做成的头盔外，外层和内层仅依靠胸前的智能系统和背后的维生装置相连，穿起来十分别扭，重甲足足花费了五分钟，才在龙心兰的帮助下穿好。

龙心兰低头检查一遍重甲的着装，确认再无疏漏，才点头道："可以了，打开维生系统，咱们进去吧。"

维生系统开启后，一股清清凉凉的气息涌入鼻腔，原本瘪瘪的连体衣很快膨胀起来。

龙心兰当先走出简易房，重甲深吸一口气，迈步跟在龙心兰身后。

第二十五章

无人生还

经过检疫通道，重甲和龙心兰进入了已被全部隔离的长湖镇。

视野中没有一栋别墅亮起灯光，倒是太阳能路灯依旧明亮。整个镇子死气沉沉，沉浸在一片不详的寂静中，除了头顶上方直升机单调的轰鸣外，几乎什么声音都听不到。

前方，一辆黑色电动车横在路面上，左侧车门半开。不远处，一具中年男子的尸体横躺在地，身穿做工考究的西服套装，手里还攥着一个电子板，似乎刚刚下班回家。死者两眼望天，路灯照耀下，依稀能看到他眼神中残留着几分恐惧和迷惑。

龙心兰和重甲绕过电动车，放眼望去，每隔不远就能看到一两具尸体，有男有女，有老有少，有的倒在路边，有的斜靠在长椅上。死者的表情并不痛苦，如果不是还睁着双眼，几乎让人误以为他们不过是睡着了。

十余名身穿全封闭连体衣的星安局人员拿着便携探测仪走来走去，像是在检测空气中还有没有病毒残留。也有一些人推着担架车，将已经检查过的尸体分别抬上担架。

今天是周六，大部分居民都在家享受周末，很显然，欧文和美智子特意挑了这个时间。

眼前的情景似乎只在非洲见过几次，当然，相比之下，还是血淋淋的部族仇杀更为惨烈。重甲正要往前走，却见龙心兰停住脚步，扶住一根路灯杆，稍稍弯下了腰肢。重甲走到女特工身边，发现她面颊苍白，几乎全无血色。

女特工毕竟没有亲身经历过这种遍地尸首的惨状，感到不适也很正常。重甲关切地问："是不是不舒服？要不咱们先出去吧。"

片刻后，龙心兰直起身来，摇头道："不用，我没事。"

前方，一具尸体突兀地横在道路上，早已发黑的血迹呈放射状向四周溅开。说是尸体，其实更像一滩平铺在地面上的碎肉，只能勉强分辨出死者是一位青年男性。

这个人是被摔死的，或许他是本次事件中唯一一位不是因基因病毒而死的人。

一位身穿连体衣的特工蹲在尸体旁，向走来的龙心兰和重甲解释道："这位死者就是在网络上发布消息的博主，理查。"

龙心兰皱着眉看了看那具尸体，勉强向那位特工点点头，随即转身离开。

在小镇中央的喷水池边，两人见到了副局长李泰哲。李副局长同样身穿全封闭连体衣，正在聆听两名星安局特工的汇报。

"长官，空气中还有病毒残留，是否需要再喷一次消毒剂？"

李泰哲点点头，"好，再调几架直升机过来。"

"李副局长，初步死亡数字已经统计出来了，共有六百五十三名死者。同事们还在扩大搜索范围，最多半个小时就能完成全部统计。"

李泰哲颓然坐倒在喷水池台阶上，低声问："有生还者吗？"

那名特工低头道："目前还没有发现。"

六百多名死者，几乎是前三次基因病毒事件死亡人数的两倍。重甲四周望望，胸腔隐隐抽痛。看来欧文和三禾美智子达到了他们的目的，这一次，无人生还。

一位身穿全封闭作战服的行动队员匆匆奔来，连声叫道："长官，长官。"

"什么事？"李泰哲抬起头，神情略显疲惫。

行动队员奔到李泰哲面前，匆匆行过礼，汇报道："市长带着两位议员赶到了镇子外，另外还有一群记者，市长和议员指名要您过去解释情况。"

"这些政客真能添乱！"李泰哲竖起双眉，愤愤地道，"让他们等着，就说我现在没空，如果他们想了解情况，就自己进来看。"

星安局负责全球安全事务，权力很大，俨然已凌驾于不少国家之上，李泰哲身为星安局副局长，自然不把市长或市议员放在眼里。

在重甲印象中，李泰哲向来喜怒不形于色，永远是一副彬彬有礼的模样，这次居然大发雷霆，看来是真的动了肝火。

那名队员再次举手行礼，转身正要离开，李泰哲又开口道："等一下，那些记者，一个也不能放进来。"

一名特工问道："长官，真的要让市长和两位议员进来吗？"

李泰哲冷冷一笑，"放心，他们不敢进来的，这些人，太爱他们自己。"

市长和议员这么快就带着大批记者赶到长湖镇，并非他们有多么重视基因病毒感染事件，而是为了给自己赢得政治筹码。李泰哲说得没错，他们绝对不敢踏进隔离墙之内。

那名队员匆匆离去，李泰哲看着他的背影，摇着头叹道："居然主动泄露消息，实在想不明白他们要干什么。"

这次的"他们"肯定是指欧文和三禾美智子，看来副局长大人总算认可了这两人依然在世的事实。重甲和龙心兰对视一眼，默默无语。

突然，头盔内置的通话器中传出了一个声音，"长官，我这里有发现。"

李泰哲抬头问道："什么发现？"

"发现一名生还者。"话音未落，一个红色箭头浮现在重甲的头盔面罩上，斜斜指向西方，还规律地闪动着。

"生还者！"李泰哲立即站起身来，表情略显紧张。龙心兰和另两名特工也同时转过身，看向箭头所指的方向。李泰哲左右看看，提高声音道："立即吩咐下去，谁也不能走漏风声，在媒体面前，有生还者的事一个字也不要提！记住，无人生还！"

说完这句话，李泰哲大步向西方走去。两名特工各自打开通话器，重复李副局长的命令，龙心兰则跟在李泰哲身后。重甲犹豫片刻，也迈步跟了上去。

不多久，三人按着箭头所指的方向来到了镇西的长湖边。长湖是一个小小的湖泊，占地不足两千平方米，形状窄长如带，将整个镇子一分为二，长湖镇之名就是由此而来。

两名身穿全封闭作战服的行动队员蹲在湖畔一棵高大的樱花树下，他们身前躺着一名身着白衣的女孩，旁边的草丛中还零乱地放着木架、画夹、颜料、画笔等物品。

前几天刚下过雨，粉色的樱花瓣散落满地，女孩静静地躺在绿草樱花之中，双眼微闭，似乎在安然沉睡。

重甲等人快步走到树下，低头打量着昏迷中的女孩。几行字符自动浮现在头盔面罩上，应该是这名女孩的身份信息。

性别：女。

姓名：赵晓筱。

年龄：20岁。

国籍：美利坚合众国。

个人身份资料：中州市居民，喜好绘画、健身、自拍和零食，现为中州大学艺术院二年级学生，无不良记录。

长湖边风景很美，从随身物品来看，这女孩似乎打算在这里写生，病毒扩散到湖边，她就倒地昏了过去。

“这女孩的家人呢？”

一名行动队员答道：“她和父母一起住在长湖镇，之前我们已经找到了她父母的尸体。”

李泰哲注目察看片刻，抬头对龙心兰道：“立即安排车辆，你和重甲负责把这女孩送回分局，记住不要走漏风声。”

龙心兰点头道：“是，明白。”

约半个多小时后，星安局送来的密封医疗舱方始送达。赵晓筱被装入密封舱，又经过彻底消毒，才送进负责运输的装甲车里。

李泰哲并未安排星安局的车辆护送赵晓筱，而是特地从国民自卫队调来了三辆装甲战车。随行的行动队员也全部去掉星安局徽章等标识，伪装成普通国民自卫队士兵。

为掩人耳目，避免让媒体记者发觉，装甲车从尚未完全合拢的隔离墙缺口驶离长湖镇，绕开大路，远远地兜了一个大圈子，才向中州市方向驶去。

第二十六章

途中遇袭

隆隆车声刺破了夜的宁静，三辆装甲战车排成一字型，全速向中州市市区行驶。

重甲和龙心兰坐在中间那辆装甲车里，此外车厢中还有四名挟带短管突击步枪的行动队员，他们的任务就是护送生还者赵晓筱。除了他们外，车队上方还有三架无人战机在空中游曳。生还者是对抗基因病毒的关键，李泰哲要确保将赵晓筱安全送达星安局分局。

车厢里弥漫着一股消毒液的气味，令人呼吸不畅。重甲和龙心兰按照隔离程序脱去连体衣，然后在消毒房里待了将近二十分钟，离开消毒房之后，那股气味就像残留在了皮肤上，至今未散。

“真他妈难闻！”重甲嗅嗅衣袖，又嗅嗅双手，感觉浑身上下全是那种让人反胃的味道，“这玩意到底是什么？闻起来就像存放了几个月的死鱼烂虾，真让人受不了！”

龙心兰抬起头，解释道：“T101消毒液，当今效果最强的消毒药剂。任何已知的细菌和病毒都不能在T101中存活超过十分钟，目前来说，T101是我们对抗基因病毒的唯一武器。不幸的是，这种消毒液对我们具有很强的杀伤力，只能用于体外消毒。”

重甲尽量把面颊凑近车厢射击孔，希望清凉的夜风能够冲淡T101的味道，可惜事与愿违，那股气味就像牢牢地黏在了鼻腔里，让人头脑发晕。重甲无可奈何地坐下来，抱怨道："好吧，看来不等基因病毒爆发，我们就要被这玩意给活活熏死。"

龙心兰瞥了他一眼，劝道："忍耐一下吧，星安局和世界卫生组织正在开发气味没那么难闻的T101消毒液，估计不久后就会开始大批量生产。"

"任何已知病毒和细菌都不能在T101消毒液中存活，有了这个，是不是就不用担心基因病毒了？"

"T101只有在完全密闭的环境里才能有效杀灭病毒，在公众场合喷洒，效果会大大降低，无法遏制病毒传播。"龙心兰摇摇头说，"刚刚在长湖镇，八架直升机连续喷洒了三遍消毒液，才算彻底杀灭空气中残留的基因病毒。"

说得也是，消毒液不同于病毒，既不会分裂也不会复制，用光了就只有再生产。即使全世界所有制药厂全力投入生产，恐怕也无法保证不间断覆盖所有人类聚集点，而且消毒液在开放环境中效果有限，难以遏制仅依靠空气就能传播的基因病毒。

沉默中，计算机伊娃那平静的电子音忽然在车厢内响起，"龙心兰特工，星安局分局被大批民众包围，暂时无法进入。"

被民众包围？普通人怎么会知道星安局分局的位置？重甲和龙心兰同时一愣。龙心兰愕然道："怎么回事？"

伊娃依旧平静地说："据我分析，应该是有人故意透露星安局分局的位置，并煽动了这场示威行动。"

车厢前壁的电子屏忽然点亮，屏幕中正是伪装成"利安清洁公司"

的星安局分局大楼。难以计数的民众围在大楼四周，不少人手里挥舞着棒球棍和猎枪，还有人扯着电子横幅，上面写着“我们要真相”“星安局去死”“掩盖真相，天理难容”等字样。

画面没有声音，但从示威民众的表情上可以看出来，他们都非常激动。人们挥舞着手中的标语和棍棒，团团围在大楼外，不时有石块或酒瓶从人群中飞出，砸落在大楼外墙上。

“据我分析，示威升级为暴力事件的可能性有79.8%。分局留守人员已经通知了警方，但防暴警察尚未赶到。”或许是重甲的错觉，他似乎从伊娃的声音中听出了一丝焦灼的味道。

“见鬼！”重甲心中隐隐有些不安。这次示威活动肯定也是欧文和美智子计划中的一部分，从网络直播基因病毒事件开始，欧文就想好了这一步。下一步呢？他们会怎么做？

正在此时，龙心兰的终端机忽然振动起来，有视频请求呼入。龙心兰接通视频，仍然穿着连体衣的李泰哲出现在画面里。不等龙心兰开口，李泰哲就说道：“我们分局已被民众包围，不能强行通过，我现在给你发送三号基地的位置，你们立即赶过去。”

“示威民众似乎很激动，不回分局沟通解释一下？”

“星安局出面的话恐怕会更糟，我已经作了安排，你不用担心，只需要把赵晓筱平安送达即可。”

龙心兰点头答应，关掉终端机，提高声音说道：“伊娃，准备掉头，前往三号基地。”

重甲静静地听着，心中的不安却愈发强烈。欧文或许早就料到了会有人生还，他煽动民众示威的目的恐怕就在于此。重甲转向龙心兰，犹豫着问：“三禾美智子会不会再一次劫持生还者？”

发动机的轰鸣声中，三辆装甲车减速停车，然后同时开始转向，为保证协调配合，它们全由中央计算机伊娃远程控制。

“是有这种可能。”龙心兰再次点头，脸色顿时暗了下来。随后又摇头道：“不过，星安局行动队和国民自卫队正在全力搜捕美智子，她应该不会在这种时候现身。”

黑发女子特工不认为美智子会来袭，这是个错误。重甲警告道：“不要忘了，你之前认为美智子不只有一个克隆体，如果她真的拥有多个克隆体，那么她完全可能会利用这一点。”

“龙心兰特工。”伊娃的声音忽然在车厢内响起，“一架不明型号的直升机正在接近，请问需要警告他们吗？”

龙心兰微微一愣，问道：“确认一下直升机中是什么人。”

“那架直升机有低红外防透视涂层，无法确认机内乘客的身份及人数。”

龙心兰脸色一变，抓起车载通话器，提高声音命令道：“大家提高警惕，敌人随时可能会出现。”

话音刚落，沉闷的爆炸声就在旁边响起。一架无人机打着旋儿从空中落下，斜斜坠在车队右前方。重甲正凑在射击孔旁边呼吸新鲜空气，恰好看到了这一幕。

“敌袭！”重甲不禁叫出声，刺耳的警报声也同时响起。几名行动队员挺身跳起，分别抓起武器，龙心兰也拎起一柄突击步枪，掷给了重甲。

车厢前壁的电子屏中出现了一个红点，伊娃汇报道：“发现敌人，九点钟方向，距离我们约1.5公里，还在接近中。”

又是两声爆炸，另外两架无人机也先后中弹坠落。龙心兰急促说道：“伊娃，立刻还击！立刻还击！”

“收到，指令已确认。”

但伊娃没来得及反击。第一辆装甲车速度骤然放慢，在路面上歪歪斜斜地划起了“之”字。重甲和龙心兰乘坐的装甲车差点撞上第一辆装甲车的尾部，还好伊娃及时控制住了车辆。

“报告，我们中弹了！”

“发动机被击中！”

通话器中响起了乱糟糟的汇报声。对方不知道用的什么武器，竟在一瞬间内就击落三架无人机，并瘫痪了一辆装甲战车。

“突突突……”脚下的地板微微颤动，车载机炮终于开始反击了。武装直升机号称“坦克杀手”，继续留在车里，恐怕只能成为活靶子。重甲箭步蹿到车尾，推开舱门，回头喝道：“大家都下车，快！”

众人刚刚钻出车舱，第三辆装甲车又挨了一击，浓浓的黑烟从发动舱中冒出，车身在路面上横过，险些翻倒。舱门打开，行动队员们连滚带爬地跳下车来。

对方似乎没法断定生还者在哪辆车里，所以每次开火都瞄准了发动机。重甲喝令行动队员散开躲避，然后一把拽住龙心兰，拉着她躲到了车身后。

“见鬼！对方用的什么武器？”重甲喘着气问。龙心兰取出智能眼镜戴上，一边探出头观察，一边解释道：“应该是电磁武器，射速极快，所以伊娃难以控制无人机和战车躲避攻击。”

电磁武器射速可以达到一万米每秒，仅次于高能激光，几乎是即发即中，就算伊娃能预判对方的攻击路线，也难以成功避开。

两道炽亮的光焰在夜空中陡然显现，宛如从天而降的流星，直奔重甲和龙心兰所在的方向而来。

空对地导弹！对方的目标只是生还者，其他人都可以清除。重甲当机立断，按下手环上的按键，给自己注射了一针体能增强剂。

尖针刺入肌肤，短暂的眩晕过后，周围乱糟糟的声音像是被拉长了，那两道凌空飞来的光焰也变得异常迟缓。直接注射的体能增强剂见效极快，仅仅一瞬间，重甲就感觉浑身上下精气弥漫，充满力量。

重甲一把抱起龙心兰，迈步向远处急奔，同时还不忘大叫道："导弹来袭，大家快闪开！"

行动队员们四散奔逃。几秒种后，那两道光焰就落在了地面上。爆炸声惊天动地，大地颤动，热浪滚滚而来，重甲身不由主地腾空而起，飞出数米，又重重摔落在地。

第二十七章

力抗强敌

两耳嗡嗡作响，浑身隐隐酸痛，重甲试着动动手脚，感觉并未受伤。突击步枪不知丢到了哪里，重甲小心地抬起头四下打量。龙心兰就躺在身边，双眼微闭，像是被震昏了。几名受伤的行动队员在地上翻滚呻吟，他们速度不够快，大都没有及时脱离爆炸范围。

一架通体漆黑的直升机迅速飞近，降低高度，落在几十米外。旋翼掀起了阵阵狂风，地面砂尘飞舞，几乎让人睁不开眼。

不等直升机停稳，四名身穿全封闭作战服的士兵就已纵身跃下，装着消音器的突击步枪分别对准仍在挣扎的行动队员，连续扣动扳机。

烟尘渐渐消散，一个身穿红色紧身衣的金发美女从机舱中挺身跃落，正是瓦列里娅，也就是三禾美智子。她仍然没有带枪，一把武士刀斜斜佩在背后，只在肩头露出了一截刀柄。

她用什么武器击毁的无人机？重甲凝聚视线，果然在直升机机头下方发现了一根黑漆漆的枪管。看来电磁武器体积过大，不适合随身携带。

“端木重甲，龙心兰，我们又见面了。”金发女单手叉腰，斜视着躺在地上的重甲。

龙心兰还未醒来，受伤的队员已被屠戮殆尽，对方还有四名全副武装的帮手。正面硬拼毫无胜算，目前唯有拖延时间，以等待救援队赶来。

重甲撑起上半身，故意装出已经身受重伤的模样，哑着嗓子问："你是三禾美智子，对不对？"

"正确。"金发女唇边浮出了轻蔑的笑，"不过，如果不是上次我说漏了嘴，你们根本不可能查出我的身份。"

"欧文也活着，整个基因病毒事件就是你们策划的，是不是？这次你们又有什么打算？难道和上次一样，还是为了全人类的进化？"

三禾美智子傲然点头，"是又怎样？星安局现在已经自顾不暇，你们有能力阻止我们吗？至于我们有什么打算，很抱歉，我不能告诉你。"

"你们怎么知道有人生还？"

美智子缓缓摇头，"我说的已经够多了，你别想再从我嘴里套出任何消息。"

重甲直视着金发女的双眼，冷冷地说："欧文怎么一直不敢露面？只会躲起来做缩头乌龟，还真他妈有男子气概！"

美智子唇边仍然挂着那种轻蔑的笑，稍稍低下头，伸出食指左右晃晃，"不要费心拖延时间了，尽管放心，等救兵赶到，他们看到的也只是你们的尸体。"

说完这句话，金发女缓缓抬起右臂，握住了肩后的刀柄。

"突突突突……"多管机枪的嘶鸣骤然响起。那四名穿着作战服的士兵来不及躲闪，被劈面而来的大口径弹丸撕扯成了无数碎片，断肢四处横飞，血流满地。然而子弹并未击中三禾美智子，在弹丸出膛的同时，金发女就已凌空跃起，半空中拔刀在手，一刀劈向运送赵晓筱那辆装甲车。

刀光亮如银虹，在夜空中一闪而过，车载多管机枪的吼声戛然而止，半截枪身从车顶轰然滚落，电动马达嗡嗡空转，但再也没有一发子弹射出枪膛。

那辆装甲车之前并未中弹，计算机伊娃感觉形势危急，控制车载机枪攻击敌人，可惜美智子反应实在太快，没能打中她。

不过，注射过体能增强剂的重甲反应也不慢。

重甲纵身而起，拔出腰间的X1000，抬手就对准站在装甲车顶部的三禾美智子扣动了扳机。金发女侧头避过，转身瞥了重甲一眼，目光中含着几分惊异。

X1000再次震响，一发多头弹射出枪膛，尚在中途，七八枚弹头已分别弹出，金发女全身上下都笼罩在弹道范围之内。美智子翻身跃下，躲到了车身另一侧，弹丸未能击中目标，鸣叫着飞向夜空。

“高爆弹！”重甲毫不停顿，举枪对准装甲车上方，再次扣动扳机。弹丸越过车顶，随即凌空爆开。

眼前刀光闪现，美智子并未从装甲车两旁出现，而是从车身下穿过，避开爆炸碎片，武士刀带着一道寒光刺向重甲胸口。

在重甲眼里，金发女的速度慢了不少，不再像以前那样神出鬼没。重甲微微侧身，左手拔出腰间的纳米短刀护在胸前。武士刀正戳在短刀刀刃上，爆出一连串火星，两人手臂剧震，各自退开了半步。

两辆装甲车的残骸仍在燃烧，火光在两人身上跳跃不定。美智子看看重甲手中的短刀，又抬头看着重甲，目光中带着几分讥讽，“几天不见，倒是变厉害了，用了体能增强剂？”

重甲把短刀横在面前，同时举枪对准美智子的眉心，“不错，就是体能增强剂，对付你这种死而复生的怪物，我总要准备一些防御手段。”

美智子轻蔑地笑笑，“啧啧，那玩意儿效果只有几分钟，你觉得可以在这么短的时间内打倒我吗？”

打倒金发女？重甲感觉自己没有把握。即使注射过体能增强剂，他的速度和力量还是比对方差了一截。

“不能。”重甲坦然道，“但我的目的也不是打倒你，我只需要坚持到援兵赶来就够了。”

“是吗？那你可以试试。”话音未落，眼前红影晃动，美智子已再次挺刀袭来。重甲扣动扳机，弹丸却与对方擦肩而过，武士刀锋刃亮如霜雪，自下而上反撩上来，瞬息间就到了他胸腹之间。

重甲及时纵身退开，同时抬手连开三枪，以防对方乘势追击。然而他刚刚扣下扳机，却发现前方已经没了对手的身影。

头顶上方风声飒然，寒气森森。重甲急忙抬头，雪亮的刀光自上而落，如同一道长长的闪电贯穿夜空。这女人似乎打算速战速决，想赶在援兵到达之前解决掉重甲。

已经来不及反击了，重甲借着后退的余力着地滚出，险险避开了这势若雷霆的一刀。

刀光没入地面，金发女单膝跪地，抬头看着重甲，唇边挂着若有若无的冷笑。重甲抬起枪管，尚未扣下扳机，眼前砂尘飞扬，三禾美智子的身影湮没其中。美智子用刀尖铲起大片砂土，藉以遮挡对手的视线。

重甲凭着记忆开了一枪，但不知是否命中。回应他的是一记凶狠的突刺，烟尘中刀光突现，笔直刺向重甲咽喉。重甲挺刀隔开，正待反击，刀光再次穿破砂尘，从另一个方向拦腰斩来。

作为一名赏金猎手，重甲身经百战，临敌经验丰富，可如此诡异的刀法却还是首次见闻。X1000附带自动锁定目标的功能，但重甲却无暇启用，美智子的武士刀凌厉无比，每一刀都刁钻狠辣，稍有不慎，立即就会开膛破腹，他根本没有机会启动目标锁定。

重甲避开武士刀，用一发穿甲弹作为回敬，弹丸擦着金发女的脸颊飞过，与此同时，重甲的左太阳穴却差点挨上重重一脚。

电光石火之间，重甲和美智子已交手数回。金发女的攻势如同疾风暴雨，简直让人透不过气，重甲只能勉强招架，几乎没有还手之力。如果不是事先注射过体能增强剂，他早已身首异处。

两人的动作快到了极处，每一拳每一脚都拖曳着模模糊糊的残影。如果有普通人类在场观战，根本不可能看清他们的身影，只能听到刀刃的碰撞声及传出的一两声闷哼。

重甲已经挨了对方两拳一脚，每一击都痛入骨髓。他无法支撑太久，增援怎么还不来？龙心兰呢？她醒了吗？

稍一分神，冷森森的刀光已劈面而来，重甲横刀抵住，左肋却又挨了重重一脚。赏金猎手再也站立不住，横向飞出数米远，方摔落在地。

重甲尚未来得及爬起身，眼前红影闪动，三禾美智子已接踵而至，手中武士刀高高举起。

正在危急时刻，一发子弹斜斜飞来，正中三禾美智子右腿膝盖。沉闷的爆炸声中，血花飞溅，美智子闷哼一声，单腿跳开数步，坐倒在地。她的右腿被高爆弹炸成了两截。

龙心兰不知何时已经醒了，手中的X1000稳稳地指着金发女的眉心。

直升机旋翼的轰鸣声在夜空中响起，星安局的增援终于赶到了。重甲稍稍放下心来，翻身跳起，把枪口对准美智子的胸口，喝道：“放下武士刀，你已经逃不掉了。”

金发女默默不语，恨恨地瞪着重甲和龙心兰。半晌，她忽然咧嘴一笑，“你们别想抓到我，而且，你们永远也杀不了我。”

这场景似曾相识，三年前，美智子也说过类似的话。难道她要自杀？应该阻止她！重甲低头看看X1000侧面的电子屏，却发现弹夹内只剩下三发穿甲弹和两发高爆弹，并没有麻醉弹。

重甲转向龙心兰，叫道：“给她一发麻醉弹，她要自杀！”

已经晚了。连续不断的嗤嗤声从美智子口腔深处响起，她的面颊迅速向内塌陷下去，浑身上下都冒出了淡淡的绿雾。

美智子随身携带着吞噬杆菌，专用于自杀。

重甲无计可施，只有带着龙心兰远远躲开。等到星安局的直升机降落时，三禾美智子的身体已经完全溶解，变成了一摊散发着刺鼻气味的绿色黏液。

第二十八章

极度恐慌

“伊娃，你这台人工智能怎么这么笨？发现敌人不会立即开火吗？”

“非常抱歉，在得到授权前，我无权伤害任何人。”

“好吧，那你就不能早点提醒我们？直升机都飞到咱们头顶上了你才开口。”

“非常抱歉，当时对方距离车队还有1.5公里远，而且他们的直升机具有隐身涂层，卫星雷达很难捕捉到它。”

“见鬼！除了抱歉你还会不会说点别的？”

“非常抱歉，我只是一台人工智能，不是人类。”

“伊娃，你是一台很无趣的人工智能。”

“非常抱歉。”

……

重甲倚靠在宽大的真皮沙发上，双腿交叠，悠悠然喷吐着烟圈，并看着烟雾缓缓扩散。

这儿是星安局分局的休息室，三禾美智子使用吞噬杆菌自杀后，包围分局的示威民众也渐渐散去，李泰哲示意他们不必再去三号基地，重甲和龙心兰就带着昏迷不醒的赵晓筱返回了分局。

龙心兰跟着王教授去了实验室，王教授要分析从赵晓筱体内提取出的基因病毒，女特工就自告奋勇跟去帮忙。重甲对那些一窍不通，不愿去凑热闹，无所事事，就一个人躲进休息室，一边抽烟，一边和中央电脑伊娃斗嘴。

和伊娃斗嘴非常无趣，这台人工智能只会说抱歉，再不然就是没有授权等毫无任何意义的废话。重甲打个哈欠，将烟头按灭，然后又点燃了第二根香烟。休息室是分局基地内唯一可以抽烟的地方，重甲很喜欢这里。

抽完第二根香烟，重甲抬头道："伊娃，休息室有电视吗？"

"有的，请问您想看什么节目？"

"新闻，本地新闻。"

副局长李泰哲还没有返回分局，肯定还在应付市长和记者们，重甲想看看新闻里会说些什么。

"好的，我这就帮您切换到新闻频道。"

随着伊娃的声音，一个很大的电子屏出现在沙发对面的墙壁上。画面中是一个会场，座位上坐满了人，还有一些举着麦克风的记者站在两侧的走廊里，似乎市长阁下在连夜召开新闻发布会。

一位秃顶中年男子挺着大肚子站在场地中的演讲台后，穿着一身整齐的黑西服，还特意系了黑领带，表情沉痛。这位秃顶胖子就是中州市市长，但重甲一时记不起他叫什么名字。赏金猎手向来不关心政治。

同样身穿黑色西装的星安局副局长李泰哲站在演讲台附近，面色略显憔悴。秃顶市长目光炯炯地盯着他，问道："这么说来，早在两个星期前你们就知道基因病毒事件是有预谋的恐怖袭击？"

李泰哲摇头道："不，当时我们还不能确定。事件爆发后，星安局立即召集了全球各地的生物学专家，研究表明，造成民众死亡的是一种新型病毒，但没有证据表明是恐怖袭击。”

秃顶胖子不依不饶，追问道：“那么星安局为什么不尽早通知民众？反而要隐瞒基因病毒的消息？”

“星安局并没有隐瞒消息，事件发生后，我们就立即通知了世界卫生组织，并提交了病毒样本。”李泰哲耸耸肩说道，“但是，当时我们和世界卫生组织都不能确定这种病毒就是罪魁祸首，在无法断定死亡原因的前提下，你说我们该怎么通知大家预防呢？

“还有，早在三年前，著名生物学专家王夕韩教授就针对这种基因病毒发表过一篇学术论文，但并未引起足够的重视。”

胖市长一时语塞，沉默片刻，又反驳道：“至少你们不应该隐瞒格陵兰和马达加斯加等地民众死亡事件。”

李泰哲不慌不忙地说：“那三起事件都有报道，只不过很快就被铺天盖地的娱乐消息湮没了，或许市长阁下并没有注意。”

重甲微感疑惑。他记得清清楚楚，李泰哲特别强调过要隐瞒消息。重甲转头看着房中的摄像头，问道：“伊娃，李泰哲说的是真的吗？”

“不是。”伊娃老老实实地回答道：“消息泄露之后，李副局长才命令我在网络上公布了那三起事件，只是把时间稍微提前了一下。”

原来如此，作为超级计算机，伊娃肯定有办法修改信息发布日期。重甲又转过头，继续看着电子屏。

“病毒致死率那么高，你们就拿不出一点应对措施吗？”胖市长转换了话题，但依旧在责难星安局。

“星安局不是防疫中心，我们的职责是追查肇事者，而不是研制病毒疫苗。不过，我们和世界卫生组织已经找出了对抗基因病毒的武器，T101

消毒液，它可以杀灭空气中的基因病毒。”

“你们找到肇事者了吗？”

“目前还没找到，但我们已经查到了肇事者的身份，不久之后，就将把他们绳之以法。”

胖市长面带怒色，质问道：“有应对措施，为什么不早点公布？”

……

似乎没什么有用的信息，重甲不想继续看下去，又转向摄像头，“伊娃，换到国际新闻。”

“好的，这就帮您切换。”

画面连续变换，最终固定到一家医院的候诊大厅内。数不清的人涌在大厅里，有老有少，脸上大都戴着口罩，甚至有人还戴着全套呼吸器。一位肥肥胖胖的女黑人播音员手执麦克风，正面对镜头侃侃而谈。

“世界卫生组织再三强调无须恐慌，然而收效甚微，民众的恐慌情绪已经达到了顶点，全市各大医院都已人满为患，而民众仍在不断涌来，声称怀疑自己被基因病毒感染，要求进行全面体检。”

镜头移向候诊大厅外，果然，门外也挤满了人，摩肩接踵，熙熙攘攘。透过镜头，能看到还有不少带着口罩或呼吸器的市民正向医院大门涌来。

“这也太夸张了吧！”重甲摇头感慨。

“这是一种从众心理，也叫作‘羊群效应’[①]。”计算机伊娃插口说

① 羊群效应：也称“从众心理”，是指由于掌握信息不充分和缺乏了解，人们很难对事件的不确定性作出合理预期，往往是通过观察周围人群的行为而提取信息，在这种信息的不断传递中，许多人的信息将大致相同且彼此强化，从而产生的从众行为。

道，“基因病毒导致绝大多数长湖镇居民死去，许多市民因此而感到恐惧，他们争相来到医院检查，导致更多市民也产生了恐惧。这种恐慌情绪不断扩散，最终，引发了全市大恐慌。羊群效应是一个心理学名词，大意就是……”

重甲有些不耐烦，摆手道：“我知道什么叫羊群效应，你用不着解释。”

中州市民反应如此强烈，可能和长湖镇距离很近有关，其他地区应该会好一些。重甲随口问道：“伊娃，别的地方有没有这种现象？”

“有的，全世界各大城市都有类似情况发生。人们不仅仅涌往医院，还有不少人正在离开大城市，赶往乡下。截止到目前，世界各地已经发生了105603起……不，现在是105685起交通阻塞事件。”伊娃的声音依旧温和镇定，仿佛在解释一件和她毫不相关的事。

“大多数人认为下一次袭击会发生在人口稠密的大都市，所以，他们认为离开城市是个好办法。”

基因病毒事件竟然造成了世界性的恐慌！重甲目瞪口呆，半晌，才喃喃道：“见鬼！真是见鬼！”

伊娃默然片刻，又补充道：“历史上曾经发生过此类事件，比如1938年，将近三百万人认为外星人正在攻击地球，纷纷逃离自己的家园，给当时的社会经济带来了重大损失。而那次大恐慌的起因，不过是一场广播剧[①]。”

---

① 此处指英国作家H·G·威尔斯于1898年创作的科幻小说《世界大战》。这部小说于1938年改编为广播剧并由美国哥伦比亚广播公司播出，许多听众信以为真，造成了很大的恐慌。

基因病毒尚未扩散就已经在整个人类世界掀起了滔天巨浪，接下来又会怎样？这就是欧文和美智子要的效果吗？他们到底在图谋什么？重甲心头纷乱，一时默默无语。

伊娃默然片刻，忽又说道："端木顾问，龙心兰特工请您去三号实验室，那位生还者已经醒了。"

"醒了！这么快？"重甲愕然片刻，按灭香烟，起身快步走出休息室。

第二十九章

智力受损

赵晓筱果然已经醒了，正仰面躺在医疗密封舱里，静静地看着天花板，两眼呆滞无神。

这女孩目光涣散，似乎没有焦点，显得有些不大对劲。重甲盯着赵晓筱看了一会儿，又转向龙心兰，问道："她是不是大脑出了问题？"

"我也不太清楚。"龙心兰摇摇头说，"醒来后她就是这个样子，我以为她摔倒时撞到了脑部，但检查结果却显示一切正常。"

"不，不正常。"坐在医疗检测仪前的王夕韩教授抬起头来，指指面前的电子屏，"你们来看看这个。"

电子屏上只显示了赵晓筱的脑电波，重甲看了又看，看不出什么异常之处。正要询问，龙心兰已经皱起了双眉，"奇怪，清醒状态下的脑电波不应该是β波吗？怎么显示为α波？"

王教授一手扶着眼镜框，点头道："我也很不解，按说一个人突然昏倒，之后又在一个完全陌生的环境里醒来，应该会感到紧张或是恐惧，不应该出现α波才对。"

原来是这个，他们说的是基本脑波。重甲心中微微一动，忽然想起了去世已久的妻子阿梅。

阿梅是一位护士，两人相识时，她曾和重甲提过几次四种基本脑电波[①]。重甲依稀记得：β波是清醒状态下的波形，而α波却是在人处于完全放松状态下才会出现的波形。而此时此刻的赵晓筱，不应该这么放松才对。

“你们没有试试和她对话吗？”重甲问。仪器检测需要时间，尤其是全面体检，还是直接与生还者交流更为便捷。

龙心兰点头道：“试过了，但她不肯回答，就这么一直看着天花板。”

“奇怪，难道基因病毒损害了她的听力？”重甲走到医疗密封舱前，伸出手指在高分子玻璃罩上敲了敲，“嘿，你好。”

出乎意料的是，赵晓筱慢慢转过头来，看着舱外的重甲，慢吞吞地回应道：“你……你好。”

重甲略觉诧异，回身看看王教授和龙心兰，却见两人也是满脸错愕。

龙心兰快步上前，向赵晓筱微笑点头，“赵晓筱小姐，请问你还记得发生了什么吗？”

赵晓筱皱起眉头，“你叫我什么？”

“赵晓筱，你叫赵晓筱。”

“赵晓筱？那是我的名字吗？”女孩满脸困惑。

---

① 四种基本脑波：一、α脑波，是人们放松身心或沉思时的脑波，它以每秒钟8~12周波的频率运行；二、β脑波，是人们处于清醒、专心、保持警觉的状态，或者是在思考、分析、说话和积极行动时的脑波，它以每秒钟12~25周波的频率运行；三、θ脑波，是人们沉于幻想或刚入眠时发出的脑波，它以每秒钟4~8周波的频率运行。这正好属于"半梦半醒"的朦胧时段，而许多灵感可能就在这个时候突现；四、δ脑波，是人们沉睡无梦时发出的脑波。它以每秒钟0.3~4周波的频率运行。

失忆了吗？重甲和龙心兰对视一眼，同时回过身看着王教授。王教授摆摆手，又指指赵晓筱，示意他们继续提问。

重甲整理一下思绪，问道：“赵小姐，你知道这里是什么地方吗？”

“这里是什么地方？”赵晓筱重复了重甲的问题，左右看看，摇摇头，“我不知道，但这张床躺着很舒服。”

龙心兰也追问道：“你还记得自己是怎么昏倒的吗？”

“昏倒？”赵晓筱再次皱起秀气的双眉，“我……我好像在画画，然后闻到了一股甜甜的味道，很好闻，然后……就什么都不记得了。”

甜甜的味道。嗅到那种甜味后赵晓筱就陷入了昏迷状态，这能否说明基因病毒是经由呼吸道侵入人体？重甲下意识地看了龙心兰一眼。黑发女子特工双眉微颦，似乎也在思索同一个问题。

女孩热切地盯着重甲和龙心兰，“我想起来了，我最喜欢画画，大哥哥，大姐姐，你们有没有见过我画画？”

龙心兰忽略了赵晓筱的问题，再次开口道：“你记不记得自己的住址？还有父母的姓名？家庭状况？”

赵晓筱没有回答，两只水汪汪的大眼睛牢牢地盯着重甲，似乎对他满怀好奇，“大哥哥，你叫什么名字？能告诉我吗？”

女孩的声音甜甜的，又糯又嗲。龙心兰眯起双眼，抱着双臂向重甲投来一瞥，那目光中隐约带着一抹异样。

重甲略微有点发窘，低声道：“我叫端木重甲，那个……她叫龙心兰。”

“重甲哥哥，兰兰姐。”赵晓筱忽然坐起，似乎想向二人扑过来。密封舱空间有限，她这么猛地坐起身子，脑袋就重重地撞在了高分子玻璃罩上。女孩痛呼一声，又躺回去揉着被撞疼的额头，嗔道：“这房子躺着很舒服，就是小了点，能不能换个大点的房子？”

不仅是失忆，这女孩的智力好像也出了问题，看她的言行举止，完全不像一位20岁的成年女子。

王教授走过来，扶着眼镜框说：“病毒似乎损伤了她的智力，我要用NTS脑神经元电波检测仪给她做个全面测试，明天才会有结果。”

重甲回头看着王教授，不解地问：“怎么会这样？病毒还会造成智力减退？”

“很有可能。”王教授揉揉额头叹道，“但在搞清楚基因病毒是否再次发生变异前，一切都是推测。”

变异？重甲胸中微微一动，王教授以前说过的话再次在脑海中响起：

“为易于区分，我把最早的病毒称为原型病毒；变异后的病毒称为亚种病毒；而再次变异的病毒，就称为Ⅰ型亚种病毒。

“原型病毒没有威胁；亚种病毒能够造成大面积感染；而具有高度特异性的Ⅰ型亚种病毒，则可以作为专用于暗杀的基因武器。

“我一直感到很奇怪，如果释放基因病毒的人想消灭人类，他们完全可以在人口密集地区尽情投放亚种病毒，但直到现在，他们也没有任何动作，实在让人想不明白他们要干什么。

“作为可以大规模杀伤人类的基因武器来说，亚种病毒已经很完美了，他们带走那名生还者要做什么？”

当时重甲还为此感到奇怪，认为亚种病毒就能够大规模杀伤人类，再去研发 I 型亚种病毒简直就是多此一举。现在看来，事实并非如此。欧文不仅需要第一位生还者，还冒险让美智子再次来夺取第二位生还者，他需要用生还者继续进行实验，莫非他的目的是让基因病毒再次产生变异?

想到这里，重甲不由脱口道："难道欧文是要基因病毒再次变异？"

龙心兰转头看着重甲，平静地说："这个我也想到了，但目前来说，这些只能是猜测，因为我不明白欧文到底要干什么。"

重甲耸耸肩，叹道："我也不明白。"

龙心兰凑到密封舱边，看着赵晓筱，尽量用温和的语气说："你先好好休息，明天我们再来看你。"

"好的。"赵晓筱温顺地点点头。她从密封舱内支起身子，可怜巴巴地看着重甲，嗲声嗲气地说："重甲哥哥，我想要个玩具熊，毛茸茸的那种，你能不能给我带个来？"

赵晓筱似乎把赏金猎手当作了最亲近的人。这女孩父母双亡，智力受损，而且又失去了记忆，实在很可怜。

重甲在心中叹了一口气，点头道："好的，明天我就给你带个玩具熊来。"

第三十章

开战之前

双轮电动机车在街头飞速穿行，重甲坐在驾驶座上，身穿短风衣，面带智能眼镜，用审视的目光打量着四周。

城市像被洗劫过，寂静、空旷、毫无生气。霓虹灯和全息广告依旧闪烁，但昔日人潮涌动的大街空荡荡，路边偶尔有两三个人走过，也都戴着口罩，步履匆匆，眼神中带着些许不安和警惕。

迎面而来的风中带着一股刺鼻的味道，那是喷洒过T101消毒液的气息。为尽快消除民众的恐慌情绪，星安局和世界卫生组织临时设立了许多发放点，将消毒液免费分发给市民。世卫组织通过各个媒体反复重申无需恐惧，但效果并不显著，大多数离开城市的市民仍然不愿返回。

昔日繁华的大都市变得萧条衰败，如同鬼域。

一路畅通，没多久重甲就赶到了星安局分局。他把自己那辆破旧的电动机车泊进停车场，拎起一个大纸袋跳下车，匆匆走进电梯间。

纸袋中装着买给赵晓筱的玩具熊，此外还有两个袖珍呼吸器。这种呼吸器双侧各有一个封装着压缩空气的存储罐，可以提供将近二十分钟的供氧，最重要的是，这玩意体积只有一只口罩那么大，小巧玲珑，非常便于携带。

原本重甲没打算买这玩意，但是店家非常热心的向他推荐了这种新款呼吸器，并神秘兮兮地说："因为基因病毒的原因，这玩意很快就会脱销，以后想买都买不到。"重甲犹豫片刻，终于还是花钱买了下来。

这次给重甲打电话的不是龙心兰，而是李泰哲。星安局副局长并未说明原因，只是吩咐他尽快赶来。重甲在李泰哲那依旧平静的语气里听出了一丝急迫，他本能地感觉到：案情有了重大进展。

电梯门打开，站在门外的执枪警卫向重甲微微躬身，"端木顾问，李副局长正在办公室等着你。"

重甲向警卫点头致意，快步走向李泰哲的办公室。

办公室内只有两个人，李泰哲和龙心兰，女特工已先行赶到。

李泰哲端坐在办公桌后，仍是那副镇定自若的表情，只是眼圈微微发黑，显得有点憔悴。

看到重甲出现，李泰哲转过身微笑道："重甲，好消息，今天伊娃有了重大发现。"

果然如此。重甲健步走到办公桌前，问道："什么发现？"

"你们护送赵晓筱返回星安局时遭遇袭击，然后我就想到了一个问题，就是对方是如何知道这个消息的。"李泰哲指指龙心兰说，"龙心兰特工提醒我，欧文和美智子很可能绑架了一位叫作朴东珠的女黑客，而这位朴东珠是一位计算机天才，之前的隐身软件就是她做出来的，她或许有能力侵入星安局内部网络。"

有道理。和被冻进冰箱的扎赫沃基待遇不同，美智子并未杀害朴东珠，之所以留下她，其原因就是这位女黑客还有利用价值。

"昨晚我回到分局，立即就让伊娃展开搜索，半小时后，伊娃果然在通讯系统内发现了一个隐藏很深的并行程序。我吩咐伊娃千万不要惊动对方，最终，伊娃成功定位了对方的地址。”

发现了欧文的老巢？终于要决战了吗？重甲隐隐感到几分亢奋，脱口问道：“位置在哪儿？”

“一个小城镇，巴拉巴马，距离中州市不算太远。”

又是小镇，欧文和美智子似乎热衷于在居民稀少的小镇散播基因病毒。不知为何，重甲心头隐隐掠过了一丝不安。

李泰哲站起身来，含笑道：“非常抱歉，我知道你和龙心兰昨天都忙到很晚才休息，遭遇袭击之后，身体也没有完全复原，按说应该再给你们几天时间调养，但各大政体和民众都在给星安局施加压力，而且欧文和美智子随时有可能再次散播病毒，情况紧急，恐怕还需要你们再辛苦一次。”

欧文一直隐身幕后，也该是揪他出来的时候了，重甲很想看看这个老不死到底在玩什么花样。

重甲拍拍腰间的X1000，“没关系，几时出发？我已经等不及了。”

“事不宜迟。”李泰哲低头看看自己的终端机，“行动队已经准备完毕，现在就出发。”

走出办公室，龙心兰就当先向出口大厅走去，重甲看看手里的纸袋，忙叫道：“等一下，我要先去一趟实验室。”

“去做什么？”龙心兰回过身，眉宇间带着几分疑惑。重甲扬扬手里的纸袋，“把这个送给赵晓筱，我答应过她的。”

“你倒是挺守信用啊。”女特工似乎有点意外，挑起眉毛，唇边浮出了一抹难以琢磨的笑。

赵晓筱已经不在昨天的实验室了，李泰哲特地吩咐给她换了一间更大的实验室，因为尚不确定她体内的病毒是否仍具有传染性，所以赵晓筱要待在一个五米见方的高分子玻璃房里，暂时不能外出。

女孩像昨天一样静静地躺在床上，怀里抱着一个枕头，似乎有点闷闷不乐。重甲走过去敲敲玻璃板，赵晓筱转过头，看到重甲，顿时丢开枕头跳起身来，“重甲哥哥，你来啦！”

重甲从纸袋中取出一个浑身黑白相间、憨憨萌萌的玩具熊，说道：“这个，送给你。”

“这是什么？”赵晓筱侧头看着玩具熊的黑眼圈，双眸中满是困惑。

“她要的不是这个。”龙心兰走到重甲身边，似笑非笑地说，“她要的是小熊维尼，你却给她带了一只玩具熊猫。”

搞错了？重甲不觉一愣，感觉面颊微微发热。好在赵晓筱替他化解了尴尬，女孩拍着手笑道：“这只玩具熊好可爱！我喜欢！”

龙心兰笑着接过重甲手中的玩具熊猫，放进玻璃房旁边一个托盘里，托盘翻过，玩具熊滑进暗槽。几秒种后，玻璃房天花板出现了一扇暗门，玩具熊掉落在房中的床铺上。

赵晓筱立即冲过去捧起玩具熊，紧紧地抱在怀里，欢笑道：“太可爱了！谢谢重甲哥哥！”

看着赵晓筱爱不释手的模样，重甲也破例露出了微笑，“你先好好休息，过两天我们再来看你。”

“等一下，等一下！”看到重甲和龙心兰要转身离开，赵晓筱快步跟来，结果脑袋又在玻璃板上重重地撞了一下。女孩也顾不上呼痛，身体紧贴在高分子玻璃板上，哀求道：“重甲哥哥，我想跟你一起走！”

重甲又是一愣，不由自主地瞟了一眼龙心兰，却见女特工双臂抱在胸前，正似笑非笑地看着他。重甲犹豫一会儿，才回答道：“你的身体还没有完全康复，要留在这里做几个检查，等你康复之后，我才能带你出去。”

“真的吗？”赵晓筱可怜巴巴地看着重甲，眸子里泪光闪烁。

重甲点点头，“真的，我一定会带你离开。”

“嗯，你说话要算数哦，我等着你。”赵晓筱眼里含着泪花，开心地笑了。

“放心，我说话算数。”

大厅内，数十名行动队员已经排好队列，身穿全封闭作战服，手提突击步枪，腰间还配着各种装备，全副武装。

龙心兰走到大厅内，停下脚步，转过脸看着重甲，轻声道：“以后……你当真要带着她？”

重甲默然片刻，点头道：“是。”

女特工摇头笑道：“你给自己找了个大麻烦。”

“我也有这种感觉，不过……”重甲瞟一眼龙心兰，又迅速把目光移向旁边，“如果你能答应和我一起照顾她的话，那就轻松多了。”

女特工面颊上漾出了一抹晕红，稍稍低下头，轻声说：“以后的事……以后再说吧。”

第三十一章

落入圈套

车队在大道上疾驰如风。

逃难大潮已近尾声，那种人潮涌动的景象再不复见，倒是偶尔能看到一两辆电动轿车被遗弃在路边。远处的旷野中，不时闪现出几顶色彩鲜艳的帐篷，那是逃离大都市却又无处可去的市民们。

行动队乘坐的是六辆外观普通的越野房车，也没有星安局的标志，看上去毫不出众，很像拖家带口逃离城市的市民。

实际上，这些车辆都是加重型防弹车，挡风玻璃也全部是能防弹的高分子强化玻璃，能挡住突击步枪的近距离扫射。

巴拉巴马是一个旅游小镇，距离中州市不到三百公里，居民约有数千人。行动队赶到后，发现不少房屋已人去房空，很多店铺也关着门。显然，基因病毒造成的恐慌已经波及到了此地。

重甲坐在一辆越野车副驾驶位上，透过智能眼镜看着前方那栋三层高的楼房。按照伊娃提供的线索，那里应该就是他们的目的地。

黑发女子特工就坐在重甲身边，同样面带智能眼镜，目不转睛地盯着那栋楼。与其他队员一样，龙心兰和重甲也穿着黑色作战服，只是没有佩戴头盔。

为防对方有所警觉，距离目标还有一公里时，龙心兰就命令行动队分散开，将目标建筑团团围住。此行他们共带了三十六名行动队员和六架无人机，其中六名队员还配备了XOS外骨骼装甲，携带着火箭弹、多管机枪等重武器。

上一战美智子使用吞噬杆菌自尽，从她自杀前说的话来推断，美智子肯定还有别的克隆体，只是不清楚具体数量。如果每个克隆体都经过基因强化，这将是一场硬仗。

“一分队已就位。”

“二分队已就位。”

“三分队已就位。”

智能眼镜前方接连浮现出了三条讯息，各分队已全部到达预定位置。为防止对方觉察这次行动，伊娃并未惊扰朴东珠侵入星安局内部通讯系统的并行程序，所以行动队采用了智能眼镜的静默通讯方式，并由伊娃提供多层加密，以确保万无一失。

这一次，李泰哲要将一直躲在幕后的欧文一举拿下。

“各分队汇报情况。”

“未见异常。”

“一切正常，长官。”

……

“大家打开探知器，仔细搜索，不要放过任何可疑情况。”

透视模式开启，楼房的立体建筑图一点点浮现在智能眼镜前方，但并没有发现其中有人活动，也没有热源信号，整栋建筑似乎空无一人。

“四分队，看住出口。五分队，六分队，跟我来。”视野中再次浮出一条讯息，是龙心兰在发号施令。重甲打起精神，拔出X1000，推开了车门。

越野车停在一条小巷外，距离那栋三层楼房不过二百米。周围静悄悄地，没有人走动，倒是有两只流浪猫在巷口的垃圾箱边争抢食物。看到有人走近，流浪猫机警地竖起尾巴，转身蹿进了小巷深处。

龙心兰推门下车，四下扫视片刻，举起右手，用力向前一挥。十二名行动队员立即左右散开，默不作声地向那栋楼房奔去。

走到近处，重甲发现楼房大门半遮半掩，并未上锁。一名队员上前轻轻一推，两扇门板就左右打开，两名队员立即闪身冲入，举枪警戒。不等龙心兰下令，后面的队员就鱼贯入内，四处搜索。

两名身穿外骨骼装甲的队员走到重甲和龙心兰身后，各自抬起右臂，将转轮机枪对准大门。头顶上方，六架无人机自行分为三组，悬停在半空中，机身下方探出了两根黑漆漆的枪管。

“第一层未见异常。”

“长官，后院有个地下室，就在游泳池旁边。”

视野中再次闪过两条讯息。

又是地下室？重甲心中隐隐浮出了一种不太好的预感，欧文未必躲在这栋建筑里。

“五分队，向上搜索。六分队，随我去地下室。”龙心兰下完命令，迈步走进大门。重甲急忙跟上去，唤道：“慢着，我感觉有些不太对头。”

“我也感觉到了。”龙心兰点点头，神情凝重。重甲迟疑片刻，低声道：“还是先不要下去吧，小心有埋伏。”

“知道。”龙心兰瞥了一眼重甲说道，“先让你的侦察蝇探探路吧。”

说话间，两人来到后院，果然在游泳池边看到了地下室入口。两名行动队员一左一右站在入口外，地下室的两扇活板门全部敞开着，露出一道斜斜向下的台阶，深处则漆黑一片。

“有生物信号，但很微弱，地下室墙壁似乎有防电磁涂层。”龙心兰向地下室内凝望片刻，发来了一条讯息。

门户大开，简直就像在邀请他们进去。但既然有电磁屏障，就说明地下室里隐藏着不可示人的秘密。

“让我来。”重甲向内张望一眼，从腰间取出装着电子侦察蝇的金属匣，放出了一只侦察蝇。小小的侦察蝇振翅而起，沿着台阶向地下室深处飞去。

重甲打开个人终端，操纵电子侦察蝇盘旋向下。果然有电磁干扰，传回的画面有些模糊，还夹杂着一道道干扰波。

透过侦察蝇传回的图像，可以看到地下室并不算大，只有两排木架，墙角还零乱地堆放着几个大纸箱，没有发现监控设施，也没有看到人影。重甲正感奇怪，却又在地下室内侧的木架后发现了另一道向下的台阶。

原来还有第二层。重甲小心翼翼地操纵侦察蝇落在台阶上，转动摄像头，察看有无隐藏的监控设施或报警器。

没有摄像头，倒是在台阶两侧发现了三组激光报警阵列，只要有人踏上台阶，就会触发警报。

“有报警器。”重甲指指终端机电子屏，示意龙心兰留神，然后操纵侦察蝇从报警器下方绕过，向第二层飞去。

第二层比第一层大多了，但干扰进一步增强，画面变得扭曲失真，只能勉强分辨出几列主机架和排列在其中的计算机硬盘，此外还有沙发和床铺。重甲操纵侦察蝇继续前进，绕过主机架，一个熟悉的身影赫然出现在前方。

画面中的老者坐在一张办公桌后，脑袋全秃，留着长长的白胡子，看上去和达芬奇笔下的自画像颇有几分神似。虽然图像模糊不清，但重甲还是一眼就认出了对方——他就是早在三年前就已死去的欧文博士。

生物信号已确认，只有欧文一个人，美智子呢？难道龙心兰判断失误，她只有一个克隆体？重甲勉强压下心中的疑惑，抬起头轻声说："目标已确认，就是欧文·肖。"

"开始行动！"龙心兰举手一挥，当先冲进地下室，已等候多时的行动队员们举起武器，依次跟上。重甲见状，忙关掉终端机，也跟在了大家身后。

两名队员在第一层留守，重甲和龙心兰则率领余下的四名行动队员一起涌入了第二层。从行动开始到进入地下室二层不过几秒钟时间，就算警报响起，欧文也来不及做出反应。

四名队员左右散开，迅速绕过房间中央的主机架，四柄突击步枪同时指向坐在办工桌后面的欧文。秃顶老者依旧端坐不动，静静地看着这些闯入者，脸上还带着一丝若有若无的微笑。

龙心兰和重甲走到办公桌前，看着这位三年不见的老对手。与三年前相比，欧文似乎没有任何变化，相貌和蔼，目光依旧澄净温和。

"龙心兰，端木重甲，你们果然来了。"欧文稳坐不动，只是面带微笑看着重甲和龙心兰。重甲抬起手枪对准欧文的额头，冷冷地说："一切都结束了，欧文博士。”

“结束？不，一切不过刚刚开始。”随着欧文的声音，身后突然传来一身震响，似乎某扇防暴门突然合拢。

中计了？重甲急忙回过头，果然看到台阶上方多出了一道防暴门，将第二层地下室封得密不透风。

第三十二章

感染病毒

变故陡生，训练有素的龙心兰并未流露出慌乱之色，她镇定地向两名队员点点头，那两名队员立即回身向被封锁的出口奔去。

什么意思？欧文把自己和敌人困在一起，难道他也想向三禾美智子那样，使用吞噬杆菌自杀？重甲心中疑窦丛生，再次把枪口对准欧文，喝道：“你个老不死！到底想玩什么花样？”

与此同时，龙心兰也厉声道：“你们到底有什么阴谋？”

“等一下，等一下，不要着急，让我一个一个回答。”欧文表情镇定，笑容一成不变，像是用刻刀刻在了脸上，“首先我要告诉你们，我们并不打算毁灭人类，不过，我相信这一点你们已经猜到了。”

“是吗？”龙心兰漠然回答，一边却用智能眼镜给重甲发来了一条讯息：“快找出口！”

欧文把他们困在地下室里，肯定另有诡计。重甲微微颔首，转过身四下打量。第二层比第一层面积要大许多，但也不足一百平米，几乎一览无余。

“当然，不然我们为什么还要大费周章地进行人体实验？星安局认为我们早已经死了，毫无戒备，我有整整三年的时间去制造并散播病毒。”

“实验？那是一千多名活生生的人！一千多名无辜民众的生命！对你来说，只不过是实验？”龙心兰的声音中带着难以遏制的愤怒。

“龙心兰特工，请不要激动，世界上生活着一百三十多亿人，死去一两千人或是一两万人，都不会动摇人类这一族群的存在。”

“你该不会说你的所作所为还是为了人类的进化吧？”龙心兰的话里已经夹杂了几分讥讽。

“很抱歉，至于我的最终目的，目前还不能告诉你们。”

墙壁上涂有防电磁涂层，难以透视，暂时看不出有无隐藏的机关。那扇防暴门似乎就是唯一的出口，想出去就只有打破它，两名队员围在门边，正试图打开防暴门。重甲回过身，向龙心兰轻轻摇头，示意别无出口。

龙心兰眉宇间浮出了几分警惕和疑惑，转向欧文，冷冷地说：“不要再玩花样了，外面还有三十名全副武装的士兵，区区一扇防暴门挡不住他们。三年前你利用克隆替身侥幸逃脱，这一次，我们不会再给你任何机会！”

“呵呵呵，你们还不明白吗？这只是一个圈套，目标就是你和端木重甲。美智子对你们两个的仇恨已经到了极点，就在你们杀害她的一个克隆体之后。而且，你们对我的计划造成了威胁，所以我才设下这个圈套，把你们引到巴拉巴马来。”欧文身上传出了笑声，奇怪的是，看他的口型却完全没有笑意，显得非常诡异。

“龙心兰，端木重甲，你们两个都去死吧！”欧文的声音突然变了，变得冰冷生硬，而且尖利刺耳。

那并不是欧文的声音，那个声音属于三禾美智子。

欧文老谋深算，绝对不会轻易把自己置于危险之中。脑海中有如一道闪电劈过，突然间，重甲想到了三年前的一件往事。

难道这个欧文是冒充的？重甲收起X1000，纵身越过办公桌，一把抓住欧文的肩膀。果然如他所料，手掌和欧文的肩膀接触处闪过了几道凌乱的色块。

坐在办公桌后的并不是欧文！重甲伸手摸摸欧文的脖颈，触手之处冰冰凉凉，绝对不是人类的肌肤。他抓住触到的东西用力一扯，眼前，欧文的身影骤然消失，坐在办公桌后的人变成了一位身穿灰色连体衣、双眼紧闭的女子。

重甲抬起右手，抓在他手里的是一个颈环式立体投影仪，通体光滑，银光闪闪。三年前，他和龙心兰曾用这种装备潜入过维兰德生物科技，如今，欧文和美智子又反过来利用这玩意儿来对付他们。

“朴东珠！”龙心兰盯着那位女子叫出了声。重甲低头看看，那女子面目清秀，正是大胖子宅男的暗恋对象。

朴东珠处于昏迷状态，似乎被注射了麻醉剂。无论探知器或是智能眼镜，仅能分辨出地下室内有热源信号，却无法识破立体投影仪的伪装。欧文先使用立体投影仪将昏迷不醒的女黑客伪装成自己，再利用防电磁涂层干扰探知信号，目的就是把重甲等人引入圈套。

“哈哈哈，永别了，龙心兰，端木重甲。”美智子的笑声透过立体投影仪再次响起，与此同时，地下室的四角同时传来了连续不断的嗤嗤声。

基因病毒！重甲脑海中骤然闪过了这几个极其可怕的字。欧文和美智子要释放基因病毒杀掉被困在地下室里的所有人。

龙心兰也变了脸色，厉声喝道：“快！想办法冲出去！”

“长官，这扇防暴门太坚固了，打不开！”从行动队员的回应中，重甲听出了一丝绝望。

重甲焦急万分，原地转了两圈，右手忽然碰到了挂在腰带上的呼吸器。原本他想把呼吸器送给龙心兰一个，但在李泰哲宣布准备行动之后，重甲一时忘了这件事，还好他没有顺手把呼吸器丢在车里。

行动队员的轻型全封闭作战服不具备维生功能，也无法过滤小到以纳米来计量的基因病毒，不过可以暂时中断与外界的空气交换，还能坚持一会儿。朴东珠、龙心兰和重甲都没有任何防护，而呼吸器只有两个，怎么办？

重甲只犹豫了半秒钟，就丢掉立体投影仪，一把扯下呼吸器，将一个戴在龙心兰脸上，又将另一个覆住了朴东珠的口鼻。

“原来你早有准备！”龙心兰镇定下来，盯着重甲，眼眸中含着几分浅笑，“快！你也赶快戴上！”

重甲缓缓摇头，微笑道：“只有两个呼吸器，我不过是碰巧才买了两个这玩意儿，没想到会遇上这种情况。”

笑意顿时凝固在龙心兰脸上。女特工眼眸中透出了恐惧和急切，抬起双手，就想把呼吸器拽下来，“不行！这么做，你会死！”

重甲伸出双手，牢牢地攥住龙心兰的手腕，安慰道：“放心，我还有办法。”

“什么办法？”

“你回头看看就知道。”

龙心兰刚刚转过头，重甲抬起右臂，在她后颈不轻不重地斩了一掌。龙心兰一声不吭，软软地向下瘫倒，重甲伸出双手，把她抱在了怀里。

龙心兰双眼微闭，胸脯缓缓起伏，几缕黑发垂落在腮边，显得格外娇柔。昔日的机警干练已荡然无存，此刻的女特工就像传说中那位因魔咒而陷入昏迷的睡美人，在等待着她命中的王子。

重甲盯着龙心兰的面孔端详片刻，低下头，在她左右眼皮上各印了一个吻。

他从来没有主动吻过龙心兰，这是第一次，恐怕也是最后一次。

“哈哈哈哈……”地上的立体投影仪仍在传出美智子那断断续续的笑声，“为了救心上人，连自己的命都不要了，端木重甲，你还真是一个够痴情的男人！”

重甲抬起右脚用力踩下，几缕电火花闪过，美智子的笑声戛然而止。

赏金猎人还没有遗忘阿梅，或许这辈子都不会忘。重甲不知道自己对龙心兰的感情到底是不是爱，但他知道，他不能再一次看着喜爱的女人死在自己怀里。

地下室只有区区百余平米，基因病毒很快就会扩散到每一个角落里，就算外面留守的队员强行炸开或用高能激光切开防暴门，也来不及挽救他的生命。

看来，是时候去见阿梅了。

重甲紧紧地抱着龙心兰，缓缓坐倒。

甜丝丝的味道充盈在鼻孔中，深沉的疲倦从四肢涌向脑海。重甲的思维渐趋模糊，他晃晃脑袋，试图保持清醒，但无济于事。

英雄救美的代价，是死。最后的意识从脑海中慢慢流过，重甲瘫倒在地，坠进了一片虚无。

第三十三章

大难不死

炮火连天，爆炸声接连不断，茅草屋和金合欢树熊熊燃烧，手无寸铁的妇女和孩子在机枪扫射中接连倒下。血流满地，耳边不断有弹丸飞过，带着凄厉的尖啸钻入人体。

这儿不是天堂，这里是战乱中的非洲，人间地狱。就是在这里，重甲第一次遇到了阿梅。

阿梅，重甲内心深处最柔软的那部分。随着这个名字一起涌起的是酸酸涩涩的热流，与阿梅在一起的每一分每一秒，都是重甲最幸福的时刻。

初见阿梅时，重甲正在非洲执行任务。彼时重甲很喜欢这个战乱频发的大陆，在这里，他有很多生意可做，能挣到不少钱。在一次成功执行任务之后，重甲见到了阿梅。那时重甲还不清楚她的身份，他只看到一位身穿白色长裙的东方女子，怀里抱着一个黑人孩子，勇敢地面对七八支突击步枪。

杀戮，这片大陆每天都在上演，没什么稀奇，但这个女子却引起了重甲浓厚的兴趣。他不认为这位过于漂亮的东方女子和怀里的黑孩子有什么血缘关系。

出于好奇，重甲救下了那名女子，也就是阿梅。

阿梅对重甲表示了感谢，并说她是一名志愿者，来非洲的主要目的是——打井，她希望非洲每一个孩子都有干净的水喝。没想到的是，刚来不过一两个月，她就陷入部族冲突之中。重甲对此嗤之以鼻，他觉得这个女人大概是脑子坏掉了，太傻，太天真。

在重甲的保护下，阿梅安全到达了一个小村庄。这里的每一个人都认识阿梅，他们争相过来与阿梅握手，无论是老人还是孩子，每个人的眼睛里都溢满了浓浓的欣喜。

重甲迷惑了，这种眼神是他从来不曾领略过的，他在这片大陆见惯了警惕、怀疑、仇恨、愤怒、恐惧、悲哀以及麻木，唯独不曾领略过爱与信任。

阿梅，重甲记住了这个名字。阿梅是一道来自天堂的光，照亮了重甲内心深处最为阴暗的角落。

从那时起，重甲再也忘不掉这个又傻又天真的阿梅。

后来，阿梅就成了重甲的妻子。

阿梅还在这里吗？她应该在天堂才对，阿梅是那么的善良，那么的温柔，天堂才是她应该去的地方。重甲踏过一具又一具残缺不全的尸体，徒劳地寻找着阿梅的身影。

“重甲，重甲，端木重甲！”有人在呼唤他的名字，重甲闻声转头，发现一位女子站在远处。

女子身着一袭白色长裙，黑发及腰，身形窈窕，背对重甲而立。是阿梅，从背影重甲就能看出来，那绝对是他魂牵梦萦的阿梅。

“阿梅！阿梅！”重甲连声呼唤，快步向女子奔去。白裙女子缓缓回过身来，面带微笑，静静地看着重甲。

重甲顿时停下了脚步。那女子五官精致，肤色白净细腻，有着长长的黑发和黑色的大眼睛，却又有欧美人的深眼窝和高鼻梁。

那女子是龙心兰，不是阿梅。

这似乎只是一个梦。奇怪，死人也会做梦吗？重甲缓缓睁开了双眼。

视野中是明亮的白光，一时间什么也看不清。几秒种后，重甲才意识到自己正仰躺在一个医疗密封舱里，面前是透明的环形高分子玻璃罩，身下则是厚厚的乳胶垫。

重甲费力地抬起头。他的衣服不见了，浑身上下只有一条短裤，而且那条短裤雪白如新，看上去也不像是他的。

奇怪？难道自己没有死？率队赶往巴拉巴马、进入地下室、防暴门、基因病毒、他把呼吸器给了龙心兰和朴东珠……记忆支离破碎，如同无数碎片在脑海中懒洋洋地涌动，过了足足几分钟，重甲才勉强把昏迷之前发生的事串联在一起。

“重甲哥哥，重甲哥哥。”好像有人在呼唤他的名字，那声音听上去有点熟悉。重甲迷糊片刻，费力地转过头去。

“重甲哥哥，你来陪我啦！”赵晓筱站在医疗舱旁边，满脸欢笑，一眼不眨地看着他。

这里应该是星安局分局。看到赵晓筱，重甲先是一喜，然后怵然一惊。被基因病毒感染后，赵晓筱没有死，智力却严重受损，行为举止完全就像一个尚未成年的孩子。难道自己也会变得和她一样？

重甲在心中回忆了一遍又一遍，确信没有遗忘任何往事，也没有遗忘任何战斗技巧，才向赵晓筱点点头，“你没事了？”

“是啊，我没事了！”赵晓筱展开双臂，原地转了个圈。重甲留意到，赵晓筱一只手里还拎着自己送给她的玩具熊猫。

“你知道我是怎么进来的吗？”重甲随口问。思维似乎在迅速恢复正常，以前模糊不清的记忆也变得清晰了许多。

赵晓筱停止转圈，歪着头说：“知道啊，是兰兰姐把你送来的，同时送来的还有另一位姐姐，不过那位姐姐还在隔壁房子睡觉。”

“我睡了多久？”重甲能听到外面隐隐约约的有声音，似乎有人在隔壁房间说话。

奇怪！因为保密需要，星安局所有的房间都采用了隔音材料，怎么会听到有人说话？难道是幻听？重甲努力凝聚精神继续倾听。不仅是说话声，他还能觉察到有人在走廊内踱步，甚至能感觉到血液在自己体内汩汩流淌。

“多久呢？”赵晓筱低下脑袋，开始数自己的手指头，“大概是两天吧，或者是三天，再不然就是四天。”

片刻后，赵晓筱抬起头，可怜兮兮地说：“重甲哥哥，我记不清你睡了多久。”

脉搏勃勃跳动，如同擂鼓。外面的声音越来越多，越来越嘈杂，好像无数电子侦察蝇在脑海中嗡嗡乱飞，令人心烦意乱。

以前从来没有这种情况，自己的身体肯定出了问题。难道是基因病毒的缘故？重甲感觉脑袋隐隐胀痛，勉强冲赵晓筱笑笑：“兰兰……不，龙心兰呢？她在哪？”

“兰兰姐去找那位戴眼镜的爷爷了，她让我看着你。”

“你能把龙心兰叫来吗？”

“好的。”赵晓筱转过身，一蹦三跳地向门外奔去。刚刚跑到门口，她却又停下脚步，转过身愁眉苦脸地说，“可是，重甲哥哥，我想陪着你。”

“你……”重甲心头火起，想呵斥赵晓筱几句。看到她那清澈得不带半点杂质的眼神，又压下怒气，和颜悦色地说，“我哪里也不会去，就在这里等着你，去吧，把龙心兰叫来。”

“那好吧。”赵晓筱撅起小嘴，低下头抱着玩具熊猫，不情不愿地走出了实验室。

重甲闭上双眼，仔细聆听赵晓筱那踢踢踏踏的脚步声。

踢踏声渐渐远去，赵晓筱在沿着走廊向前走。她绕过拐角，推开了一扇门，然后高声宣布：“重甲哥哥醒了！”一声夹杂着欢喜的惊呼，然后是战斗靴踩在地板上的吱嘎声。脚步声异常急促，由远及近，龙心兰正飞奔而来。

脚步声停在密封舱边。重甲睁开双眼，黑发女子特工正透过玻璃罩看着他，那目光中满是关切。

“重甲，你还记得我吗？还记不记得你自己是谁？”龙心兰急切地问。

很显然，女特工害怕他也会变得像赵晓筱那样。重甲勉强笑笑，“如果我没记错的话，你是星安局S级特工龙心兰。至于我，我不过是一名普通的赏金猎手。”

“你没事！你没事！”龙心兰捂住了自己的嘴巴，长长的睫毛不住颤抖，两串泪珠突然就夺眶而出。

女特工真情流露，重甲感觉有点不知所措，忙摇着手说：“放心吧，放心吧，我想我的智力很正常，基因病毒似乎没有对我造成什么伤害。”

龙心兰低下头去，双肩急剧起伏，半晌不语。重甲一时不知道该如何安慰，随口道：“不用难过了，我都说了我没事，不信的话你让王教授再给我做个全面……”

话还没说完，龙心兰抬起头来，恨恨地瞪着重甲，厉声道：“端木重甲，你给我记着，以后不许再这么做！”

酸酸涩涩的热流从胸腔中泛起，重甲隔着高分子玻璃看着泪光盈盈的龙心兰，心中思绪万千。

第三十四章

基因突变

突如其来的开门声打破了沉寂，王教授和赵晓筱先后走进实验室。

赵晓筱走到密封舱边，看看默默垂泪的龙心兰，又看看重甲，忽而说："重甲哥哥，你在欺负兰兰姐吗？"

王教授也走到密封舱边，低头问道："重甲，你感觉怎么样？"

重甲从龙心兰身上移开目光，答道："我感觉有点不太对劲，脑袋里乱哄哄的，很难集中注意力。"

王教授扶扶眼镜框，随手拉过一把椅子坐了下来，"那是因为你现在的感知力远远超过了正常人，接收讯号过多，而你的大脑暂时未能适应，所以才觉得难以集中注意力。"

"怎么会这样？"重甲大为震惊。

"不仅是感知力，你的力量、速度、耐力、协调性、柔韧性、灵敏度、反应能力、自愈能力等也远远地超过了正常人。目前来说，你体内的促红细胞生成素是正常水平的3.5倍，肌肉生长抑制素则是正常水平的0.4倍，你的运动神经和感觉神经都远比正常人更为发达，自然寿命也会更为长久。"

"出乎预料，真是出乎预料！"王教授从衣兜里摸出一张薄薄的电子板举在面前，口中赞叹不已。抱着玩具熊的赵晓筱也好奇地伸过脑袋，看着王教授手里的电子板。

“怎么会这样？怎么会这样？”重甲有些搞不清状况，只能喃喃地重复着这句话。

龙心兰擦掉泪水，解释道：“你吸入的基因病毒似乎是另外一个变种，它造成你的基因链发生了突变。”

“突变？基因突变？”

“对，基因突变。”王教授又把电子板塞进衣兜，兴致勃勃地开始讲解，“基因突变不同于基因变异。基因变异是指基因在结构上发生碱基对组成或者排列顺序的改变；基因突变则是由于DNA分子中发生碱基对的增添、缺失或者替换而引起的基因结构的改变。”

听上去好像没什么区别。重甲心烦意乱，耐着性子问：“这个基因突变对我有什么不好的影响吗？”

“暂时没有发现。”王教授摇着头说，“在你昏迷期间，我已经做了多次全面体检，现在你简直就是完美的超级战士！”

重甲皱起了眉头，“这么说来，欧文原本想用基因病毒杀了我，却阴差阳错，把我变成了超级战士？”

“目前看来正是如此。”王教授再次摸出电子板举在面前，“不过，现在的情况越来越让人搞不清欧文博士的动机了。”

“什么意思？”脑海内混混沌沌，注意力还是难以集中，重甲只能勉强听清王教授的话，但无法思考其中的含义。

王教授习惯性地扶着眼镜框，解释道：“我以前就很怀疑欧文执着于亚种基因病毒的动机，看到赵晓筱的情况后，我原本已经有了头绪，可现在你的情况却又完全超出了我的预料，实在让人摸不着头脑……”

听到自己的名字，赵晓筱高高举起手臂，“晓筱在这里，晓筱在这里。”

欧文似乎说过，他的目的不是毁灭人类。双侧太阳穴隆隆作响，各种念头在脑海中此起彼伏，重甲张开嘴巴，却又发觉忘了想要说些什么。

龙心兰一直在看着重甲，见王教授仍然滔滔不绝，忙插口道：“王伯伯，重甲脸色很不好，还是让他先休息一会儿吧。”

“哦，好的，好的。”王教授凑过来，在密封舱外轻轻一按，一支长长的钢针从舱内某处探出，刺入了重甲肩头。

龙心兰也凑到舱边，目光柔柔地看着重甲，语气中含了前所未有的温柔，“重甲，你不要想太多，先好好休息。”

深沉的疲倦涌上脑海，重甲闭上双眼，再次陷入了沉睡。

再次醒来时，重甲发现自己正躺在一张病床上，身下的床单柔滑如同丝绸。有人给他换了一身宽松的棉布套装，房间也更换过，比之前的实验室小了很多，除了身下的床铺外，房间内只有两张单人沙发和一张茶几，看上去和酒店普通客房没什么区别。

“不仅是感知力，你的力量、速度、耐力、协调性、柔韧性、灵敏度、反应能力、自愈能力等也远远地超过了正常人……”

各项体能都远远超过正常水平，以后自己就是超级人类了？王教授之前说的话在脑海中缓缓流过，重甲抬起胳膊看看双手，又掀开床单，打量着自己的身体。

超级人类，难道欧文想让人类进化为超人？思索片刻，重甲无声地笑了。欧文不会那么干，即使地球上每一位人类都成为超人，也无法消除人类贪婪的本性，反而有可能适得其反。况且，每一个人都是超人，那就意味着没有超人，人类世界不会有任何改变。

重甲坐起身，伸出左手从床头柜上拿起一只玻璃水杯。他看着手中的玻璃杯，犹豫片刻，缓缓攥紧手掌。“啪！”玻璃杯爆开了，碎片四下飞射，其中一片直奔重甲左眼而来。

“我能抓住它。”这个念头刚刚在脑海中闪过，重甲就发现自己的右臂已经横在面前，拇指和食指指尖稳稳地捏着那片碎玻璃。

玻璃杯爆开时距离面颊不过三十公分，他却能后发先至，把玻璃碎片牢牢捏住。这反应速度太快了！而且，这种硬化玻璃杯强度很高，一只手就能把它捏碎，得需要多大的力量？重甲丢开玻璃碎片，又拍拍双手，抖抖床单，把玻璃渣扫落在地。

“你醒了！”房门打开，龙心兰出现在门边。她已经脱去了作战服，身穿天蓝色套装，黑发挽在脑后，显得利落干练，一如与重甲初见时的模样。

看到满地玻璃碎片，龙心兰微微一愣，随即在门框边的某个按键上轻轻一按。墙壁下方一扇暗门无声滑开，一台圆盘状的小型清扫机器人从中盘旋而出，开始自动清理垃圾。

龙心兰走到床边，在床沿坐下，关切地看着重甲，“感觉好些了吗？”

“好多了。”重甲还能听到，或者说感觉到很多动静，但不再像先前那么纷乱嘈杂。脑海中乱哄哄的情况也大有好转，比之前清醒了许多。重甲点点头，问道："你做了什么？"

"什么也没做。"龙心兰摇摇头，凑过来在重甲脸上轻轻一吻，微笑着说，"王教授说，你的大脑会慢慢适应自己的身体。"

重甲低头看着自己的双手，喃喃地说："这么说，我以后就是三禾美智子那样的怪物了？"

"不，你不是怪物，你是猎杀怪物的赏金猎人。"

龙心兰的冷笑话没能逗笑重甲，他板着脸摇摇头，"欧文曾经说过，各国军方暗中都非常支持维兰德科技的基因战士增强计划，一旦发现我的存在，他们很可能会重新启动这个计划。"

"不用担心，李副局长已经想到了这个问题，他已严令任何人不得走漏风声。目前来说，星安局内只有权限最高的S级特工才知道这件事。"

李泰哲也是个心思缜密的人。重甲稍稍放下心来，又躺回了床上。龙心兰俯下身，问道："你饿吗？我去给你弄点吃的来。"

这么一说，重甲顿时感觉肚子咕咕直叫，不由自主地点了点头，"那就麻烦你了。"

"我这就去。"龙心兰站起身来，向门口走去，"对了，等你觉得好些了，要进行一些恢复训练，以尽快适应你的身体。"

重甲点点头，默默无语。恢复训练，恐怕星安局是想知道他的体能到底强大到了何种程度。而欧文还没有落网，星安局需要重甲这种经验丰富的赏金猎手，更需要他这样的超级战士。

"还有，"已经走到门口的女特工又回过身来，光洁的面颊上透着两抹晕红，"我看了行动录像，记住，下次……不许再偷偷地吻我。"

每个行动队员所穿的作战服都配有微型摄像头，以便随时调取作战录像，龙心兰显然通过录像看到了重甲亲吻她那一幕。

重甲感觉面颊微微发热，连忙侧过头去，避开了龙心兰的眼光。

第三十五章

超级战士

重甲身着潜水服，盘膝坐在水底。水质清澈，温度是人体最适宜的28℃，透过波光粼粼的水面，能清楚地看到龙心兰拿着一张电子板站在水池边。

这儿是综合训练室，他在水下至少待了二十分钟，而且没有借助呼吸器。重甲倒不是旱鸭子，但也不是潜水高手。很显然，这也是基因突变的结果。

在此之前，重甲已经完成了力量、速度、耐力、柔韧性、灵敏度以及反应能力等各项训练。他发觉自己能做到以前绝对做不到的高难度瑜伽动作，而且能一拳击飞五十公斤重的沙袋，负重一百公斤、全速奔跑三十分钟也不气喘，尤为恐怖的是，他竟然在没有助跑的情况下，跳出了3.65米的高度。

正如王教授所言，现在的端木重甲就是一名超级战士。

“可以了，出来吧。”龙心兰的声音透过水波传到了重甲耳中。重甲用力在池底一蹬，如同一条海豚破水而出，凌空落在水池边。

重甲接过龙心兰递过来的毛巾擦了把脸，问道：“我在水里待了多久？”

龙心兰瞟一眼电子板，“二十五分钟，但还没到极限，你的心率还在正常水平内。”

重甲随手把毛巾丢到一边，心中略感茫然。

如果王教授所言属实，重甲的自然寿命也会远远超过正常人。得到更长久的生命，这几乎是全人类梦寐以求的事情，按理说他应该感到高兴，可与此相反，他心中反而隐隐约约地有那么几分恐惧。

欧文声称要替三禾美智子复仇，他显然是要用基因病毒除掉重甲和龙心兰，可为什么会是这个结果？重甲有些搞不清状况，更不知道自己的遭遇是福祉还是灾祸。

地板微微颤动，水池两侧各自探出一块与地板颜色相同的合金板，几秒种后，合金板合拢，接口处严丝合缝，水池消失无踪。

龙心兰不知从哪里拎出一把XM8－Ⅲ突击步枪，随手递给重甲，“接下来是射击训练。”

天花板上滑开了一个圆圆的孔洞，六架小小的旋翼机从中次第飞出，每架旋翼机下方都悬挂着用厚木板做的头像模型，在将近二百米外往来盘旋。

“实弹射击，时间为三秒，准备。”

重甲默不作声，端起突击步枪检查一遍，然后扳开保险，推弹上膛。

旋翼机的飞行路线飘忽不定，而且这把XM8－Ⅲ并没有安装瞄准镜，要在这么远的距离枪枪命中，难度极高。最要命的是，他要在区区三秒内击中所有目标。对于几天前的重甲来说，这几乎就是不可能完成的任务，然而在今天，这些不过是小事一桩。

“开始。”

重甲也不瞄准，旋身跪地，举起XM8－Ⅲ，连续打出6发子弹，随后起身关上保险。重甲没有确认是否中靶，但他知道，子弹一定会击中目标。

小旋翼机依次飞来，低低地悬停在重甲和龙心兰面前。果然，每一发子弹都正中眉心，没有半分偏差。

“累吗？”

“不累。”

“那就好，我们继续。”

小无人机飞进天花板，地板再次微微颤动。重甲左右看看，发现前后左右各自出现一个四四方方的洞口，每个洞口中都有一台黑漆漆的人形机器人缓缓向上升起。

“这次又是什么？近战格斗？”重甲看到每台机器人肩后都露着两截黑漆漆的刀柄，应该是格斗训练机器人。

“对，近战格斗。”龙心兰放下突击步枪，从身后的武器架上取出两柄武士刀向重甲抛来。

重甲伸手接住，四台机器人像是得到了指令，同时拔出双刀，各自向重甲跨出一步。机器人手中的刀没有开刃，但看上去像是精钢打造，砍在身上一定很疼。

“准备好了吗？”龙心兰笑眯眯地问。

重甲低头看看自己的武士刀，和机器人的双刀一样，也是没有开刃的训练刀。训练机器人不会危及人类的生命，倒不至于担心有生命危险，问题在于重甲向来没有练习过刀法，对日本剑道更是一窍不通。

“等一下，等一下。”重甲挥挥手里的武士刀，“特战队从不训练剑道，我根本就不会用这玩意。”

龙心兰置若罔闻，后退两步，微笑道：“开始。”

重甲前方的机器人挥舞双刀，迎面扑来，只一瞬间就到了重甲面前。其速度之快，竟然仅次于接受过基因强化的三禾美智子。

同时，身后风声飒然，显然后面的机器人也同时发起了进攻。重甲侧身避开，舞起双刀护住身体，一边观察机器人的动作，一边拼命回想和三禾美智子交手的经过。

训练机器人显然输入过多种实战刀法程序，出击和回防都极有法度。两台机器人配合的天衣无缝，而且这种训练机器人和那些傻乎乎的家政机器人不同，速度和力量远在人类之上，每一刀都快若电光，且威猛凌厉。重甲不熟悉刀法，一时无隙可乘。

训练室内刀光纵横，刀刃的碰撞声更是化成了一刀绵延不绝的长声。缠斗许久，机器人未能劈中重甲，重甲却也没能劈中机器人，不过重甲已经渐渐熟悉了武士刀，开始伺机反击。

正在这时，左右两侧风声劲急，剩下的两台机器人也加入了战斗。四台机器人，八柄长刀纵横来去，四面八方全是刀光，堪称风雨不透。重甲再也无力反击，左支右拙，且战且退。

几分钟后，重甲渐渐被机器人逼到了墙角，已经无法后退半步。重甲暗暗恼火，正寻思如何才能打倒一名机器人，无所不在的刀光却忽然消失，四台训练机器人同时收起双刀，纵身向后退开。

重甲背靠墙壁，喘息不止。之前的训练他一滴汗也没流，和四台机器人的对战却让他大汗淋漓。

龙心兰走过来，赞道：“太棒了！重甲。”

“棒什么？我又没赢。”重甲擦擦额上的汗珠，悻悻地把武士刀递还给龙心兰。女特工笑吟吟地说：“不要气馁，这四台机器人都是赛博公司为星安局特制的，专用于近战训练。它们的外壳都采用了钛基纳米合金，重量轻，强度高，灵敏度和速度都远远超过了正常人。”

赛博公司是一家专门研究人工智能的高科技企业，和卡洛斯集团同为人工智能领域的两大巨头。赛博曾有意向开发机器人士兵来取代人类士兵，制造出这种顶级战斗机器人并不稀奇。

“而且，它们的控制者是伊娃。”

“伊娃！那台超级计算机？”重甲大为意外。

“对！”龙心兰点点头。

训练室内突然响起了计算机伊娃那一贯平静的声音，“经过综合测试，端木重甲先生有83%的概率可以战胜经过基因强化的克隆体。”

伊娃和人类不同，它不会犯错，也不会放过任何最细微的破绽。但是，四台格斗机器人联手，再加上伊娃的操控，仍然未能击倒重甲。能与超级计算机伊娃操控的战斗机器人抗衡，除端木重甲之外，恐怕世界上没有人能够做到。

几年前，重甲曾看到过一则新闻。卡洛斯集团为了宣传他们的机器战士，制造了一台拟人机器人，并特地采用人造皮肤、硅胶肌肉和碳纤维骨骼等强度不高的材料，然后宣称这台机器人能够击败世界各地所有格斗高手。

不少人都很不服气，纷纷向卡洛斯的机器人发起挑战，结果毫无意外，蜂拥而至的格斗高手们全部败在这台机器人手下，无一例外。

卡洛斯集团的宣传成功达到了预期效果，然而最终结果却恰恰相反。上千名科学家联名发布了一封公开信，反对继续研制“机器杀手”。公开信得到了大批民众的声援，有人甚至引用了早已去世的物理学家霍金博士说过的话：发明人工智能可能会成为人类历史上最大的灾难，如果管理不善，会思考的人工智能可能会为人类文明划上句号。

结果，卡洛斯集团用机器士兵取代人类的想法不了了之。

现在，他居然和超级计算机伊娃控制的四台顶级战斗机器人打成了平手！重甲心中微感得意，其中却也夹杂着几分恐惧。他再次低下头看着自己的双手，久久不语。

龙心兰收起笑容，严肃地说：“每一位星安局特工都无法与一台训练机器人抗衡，更何况是四台？毫不夸张地说，你现在就是一名超级战士！”

第三十六章

易容入侵

“我干吗需要伪装？”重甲看看镜子里那位肥肥胖胖的光头佬，又揉揉脖颈中的立体投影仪，心中略感不解。

龙心兰站在重甲身后，解释道：“欧文和美智子应该不知道你还活着，从现在起，你就是对付他们的秘密武器，所以需要伪装。”

重甲看着光头佬的双下巴和泛着油光的额头，不满地说：“能不能换个比较精干的形象？”

“那可不行，鲍勃是星安局资深员工，有履历可查的，你随随便便化装成其他人有可能会被欧文识破。”龙心兰看着重甲的双眼，忽莞尔一笑说道，“如果你实在不愿意，那就伪装成行动队员吧，只需要穿上全封闭作战服就行，非常简单。”

“整天戴着头盔？”重甲摇摇头，“还是算了，就这样吧。”

李泰哲和龙心兰一致认为欧文必然会再次设法将赵晓筱掳去，重甲却不这么认为。第一次闯入星安局，可说是出其不意，星安局必然会提高戒备，再次明目张胆的闯进来抢夺生还者，那就有点太愚蠢了。

相对于等待对方主动现身，重甲对伊娃的期望更大。超级计算机一直在整理分析从巴拉巴马得到的证物，希望能找出欧文的藏身之地。遗憾的是，在那间地下室里只发现了两个人的指纹，大部分是朴东珠留下的，另一个指纹来自化身为瓦列里娅的三禾美智子，此外则没能得到什么有用的线索。

从指纹来推断，朴东珠被带走后就一直待在那间地下室里，替欧文监听星安局通讯，而美智子则负责监视朴东珠。等到星安局发觉通讯被窃听，欧文就临时想出了这个主意，放弃已经没有用处的朴东珠，引诱重甲和龙心兰上当。

重甲感觉有点气馁。从调查开始至今，欧文始终棋高一招，唯一一次露出破绽，还是因为三禾美智子擅自向重甲和龙心兰寻仇。

怎样才能战胜一个从不犯错的对手？重甲没有把握。

待重甲整装完毕，龙心兰低头看看终端机，微笑道："可以了，走吧，我们去迎接特派员阁下。"

"特派员？什么特派员？"重甲有点摸不着头脑。身体恢复之后他一直在进行体能训练，没有听龙心兰提过什么特派员的事。

"哦，我忘了告诉你。"龙心兰耸耸肩，脸上带着几分不以为然，"还是因为之前星安局封锁消息的缘故，各国政府一致认为星安局权力过大，必须由各国政府派遣特派员参与调查，联合政体已经通过了这个提议。"

重甲心中微微一动。各国政府介入星安局的目的肯定不是协助调查，而是为了制衡星安局的权力。无论他们是否如愿以偿，至少星安局今后的行动效率会大打折扣。故意泄露消息，搞得世界各地人心惶惶，原来这个才是欧文要的结果。

不得不说，欧文的计划确实高明。对于各国政府介入调查的提议，星安局显然无法拒绝，唯有被动接受，否则只会造成各国政府的不满，以及民众们更强烈的反对。

深思半晌，重甲不觉摇头叹息。

重甲和龙心兰来到大会议室，发现所有未出勤的特工都聚集在会议室，每个人都西装革履，还系着领带，显得异常庄重。

两分钟后，在副局长李泰哲的陪同下，政府特派员走上了会议室演讲台。

特派员共有三个人，一名头发花白的中年男子，一位白人青年，以及一位皮肤黝黑、个头矮小的年轻黑人。据龙心兰介绍，那位中年男子是一位海军中将，隶属于美利坚国家安全局，两位年轻人则分别来自于中央情报局和联邦调查局。

三个人，分属三个部门，有意思。重甲抱起双臂，冷冷地打量着那三位特派员。龙心兰悄悄向重甲解释，世界各地的分局都有调查员进驻，因为中州市分局由星安局副局长主持，所以派来的调查员级别最高。

“各位，我来给大家介绍一下。”李泰哲面带微笑，分别指指白发中年、青年白人和青年黑人，“国家安全局局长琼斯中将，来自中情局的克里斯里夫特工，以及来自联邦调查局的菲利普特工。”

中年人和那位白人青年堆起满脸微笑，向会议室中的特工们点头示意，唯有那名叫作菲利普的黑人面色冷漠，似乎李副局长的介绍与他毫不相干。

这个黑人好像有问题。重甲看着菲利普特工那毫无表情的脸孔，心中忽然浮出了几分疑惑和不安。黑人青年的目光在各位特工脸上逐一扫过，似乎没有留意到重甲在盯着他。

琼斯中将作了发言，大意是国家安全局将全力协助星安局，以尽快将基因病毒事件的幕后黑手绳之以法，并让大家不要心怀顾虑，全力以赴投入调查工作等。

重甲并没有听中将讲了些什么，只是默默地盯着黑人青年，心中的不安和疑惑愈发强烈。沉思半晌，重甲忍不住转向龙心兰，轻声问："查过这三位特派员吗？"

"没有，他们的身份是总局确认过的。"龙心兰摇摇头，不解地看着重甲，"你干吗要问这个？"

"这个人很可疑。"重甲指指演讲台上的菲利普特工。龙心兰看看那位面无表情的黑人青年，问道："他有什么可疑之处？"

重甲摇头道："我也说不清楚，可能是直觉，也可能是第六感。总之，就是能感觉到他对我们有威胁，或者说，他身上有杀气。"

龙心兰的表情渐渐凝重，抬起左腕，对着终端机轻声说："伊娃，我授权你查一下中情局、联邦调查局以及国安局的内部网络，查看有无被入侵，尤其是通讯系统，现在就查！"

伊娃平静地回答道："授权已确认，请稍候。"

约两分钟后，伊娃的声音再次响起，"已确认，中央情报局、联邦调查局及国家安全局的通讯系统都潜伏着一个并行程序，与之前侵入星安局通讯系统的并行程序完全相同。"

这个回答让重甲和龙心兰都惊呆了。欧文不止在监听星安局，同时还监听了国家安全局、中央情报局和联邦调查局，各局的决定和特派员们的行程他自然了如指掌。

“你认为欧文或美智子化装成菲利普混进了星安局？”

重甲还未回答，演讲台上的青年黑人突然转过脸，冰冷的视线越过十余排座椅，看向坐在最后一排的重甲和龙心兰。重甲心中一凛，忙取出智能眼镜戴在脸上，并示意龙心兰也戴上智能眼镜。

“他听到了我们的对话。”

龙心兰迅速回复了一条讯息，“距离这么远，他怎么可能听得到？”

“我能听到很远处的动静，美智子是基因强化人，她应该也可以。”

黑人青年脸上露出了一抹诡异的笑，闪身掠到犹在侃侃而谈的琼斯中将身后，抬起左臂，扼住了局长大人的喉咙。

演讲台上的李泰哲变了脸色。琼斯局长浑身僵硬，愕然道：“菲利普，你干什么？”

克里斯里夫特工大声喝道：“菲利普，你疯了吗？快放开琼斯局长！”

菲利普没有看李泰哲，也没有看克里斯里夫，而是牢牢地盯着龙心兰和重甲，冷冷地说：“你们认错人了，我不是菲利普。”

变故陡生，大会议室内乱成了一团。大家都站起身来，几名特工抢上前护住李泰哲，也有人拔出配枪，对准了挟持琼斯局长的菲利普。

“你们不要轻举妄动，我只要一用力，他就会死。”菲利普稍微收紧左臂，琼斯局长顿时满脸紫涨。

李泰哲摆手制止住手下，上前一步，喝道：“住手，你到底是什么人？”

菲利普嘿嘿冷笑，抬起右臂，从脸上撕下一块脸皮。演讲台上的克里斯里夫为之目瞪口呆。

重甲凝目仔细查看，果然，黑人青年脸上是一层DNA生物胶膜，像头套那样覆盖着他的整个头面部。这玩意和重甲经常使用的3D打印面罩极其相似，但更为先进。胶膜通常采用被伪装者的皮屑或头发为原料，再经生物复制而成，所以能以假乱真，甚至有可能瞒过DNA检测。

头套整个被掀开，出现在众人面前的是一张西方女性的脸孔，留着一头金色短发，双眉纤细，鼻梁高挑，很漂亮。让人心寒的是，她的眼神锋利如同刀锋，透着摄人心魄的杀气。

龙心兰不觉脱口叫道：“三禾美智子！”

三禾美智子还活着。使用吞噬杆菌自杀前，她曾说：“你们永远也杀不了我。”从这句话来推断，美智子拥有不止一个克隆体，事实果然如此。

第三十七章

调虎离山

对手已然现身，但重甲心中的疑惑并未因此而减轻。现在的问题是美智子到底有多少克隆体?

美智子对会议室中数十名特工视如不见，冰冷的目光始终凝在龙心兰和重甲身上，“我早就料到伪装会被识破，但没想到竟然这么快。龙心兰，你是怎么认出我的？”

龙心兰缓缓摇头，“认出你的不是我，是中央电脑伊娃。”

“伊娃？那台计算机？”美智子眉梢高高挑起，似乎不太相信龙心兰的话。但她并未反驳，只是冷笑着说，“如果不想让这位局长大人送命，就乖乖放我离开。”

“你逃不掉。”李泰哲直视着美智子杀气毕露的双眼，镇定地说，“这里有数十名精英特工，外面还有几十名全副武装的行动队员，琼斯局长如果有任何意外，你休想活着离开！”

“说得好！琼斯局长如果有任何意外，你这位星安局副局长都难辞其咎。”三禾美智子转过脸，把冰冷的目光投向李泰哲，“让一架直升机在楼顶待命，等我踏上楼顶，我就要看到直升机。”

美智子说得没错，堂堂国家安全局局长如果在星安局遇刺身亡，恐怕会成为震动全球的恐怖袭击事件。媒体记者会蜂拥而至，原本就对星安局不满的政客也会乘机大做文章。李泰哲担不起这个责任。

李泰哲犹豫片刻，终于点了点头。

三禾美智子挟持着琼斯中将，一步步退出会议室，向就近的一部电梯走去。琼斯已经陷入了半昏迷状态，毫无反抗之力，只能任凭她摆布。走廊里已经有十余名行动队员在举枪待命，但未收到指令，谁也不敢轻举妄动。

重甲随着龙心兰追出会议室，右手握住腰间的枪柄，有些犹豫不决。按现在的反应速度，他有80%的把握击中美智子，可美智子毕竟是基因强化人，只需手臂轻轻一扭，立即就能折断琼斯局长的脖子。更何况走廊内前后左右站满了星安局特工，很难保证不会伤及无辜。投鼠忌器，思前想后，重甲始终不敢拔枪开火。

美智子拖着琼斯跨进电梯，转过身按下按键，盯着围在电梯外的人群，唇角浮出了一抹轻蔑的笑。

“去顶楼，快！”李泰哲一声令下，特工们纷纷涌进近旁的电梯。重甲则拽住龙心兰，转身向楼梯间奔去。

“干什么？走楼梯很慢的。”龙心兰有些不解。重甲也不解释，冲进楼梯间，伸出双臂把女特工抱在怀里，才说：“相信我。”

龙心兰光洁的面颊上漾出了两抹晕红，不声不响地偎在重甲胸前。重甲深吸一口气，两腿发力腾身跃起，顿时越过十余级台阶，落在楼梯转角处的平台上。他脚下速度未减慢丝毫，冲出两步，调整好角度，再次腾身跃起。

如此重复几次，仅仅几秒钟，重甲就抱着龙心兰奔上了顶层。他放下龙心兰，抬腿踹开通往天台的铁门，不远处，三禾美智子正挟持着琼斯局长跨出电梯间。

听到动静，美智子转过身来，看到重甲和龙心兰，眉宇间闪过了几分疑惑。

天台上空荡荡的，只有几名行动队员在举枪待命，并不见直升机的踪影。美智子抬手扣住琼斯的喉咙，冷笑道："看来李泰哲是打算让局长大人跟我陪葬了？"

龙心兰快步奔出楼梯间，叫道："等一下，直升机很快就到。"

话音刚落，天空中就传来了隐隐约约的轰鸣声，一架小型直升机越过重重楼宇，正迅速飞来。美智子冷笑着放下右手，抬头看看空中的直升机，又转向龙心兰，"你那位心上人呢？他在哪儿？"

龙心兰还未回答，电梯门再次打开，李泰哲和许多特工先后踏上楼顶天台。看到琼斯局长仍然活着，李泰哲似乎松了一口气，高声道："直升机已经到了，你快放开琼斯局长。"

"废话！"美智子看也不看李泰哲，轻蔑地说，"我现在放开局长大人，立即就会成为你们的活靶子。他要陪我一起上直升机，而且，如果有人追踪，我立即就把他丢出去。"

李泰哲断然摇头，"不行，我必须确保琼斯局长的安全。"

"那很简单。"美智子伸出右手指着龙心兰，"让她也一起来，她可以保护你们的局长大人。"

"不行，我们都知道你有多厉害，龙心兰特工会和琼斯局长一起死在你手上。"

"我还没说完，"美智子手指稍稍移动，又指向重甲，"还有他，他和龙心兰都要上直升机。”

李泰哲转身看着重甲和龙心兰，一时沉吟不决。龙心兰上前一步，道：“李副局长，我去。”

“不行，太危险了！”李泰哲依然摇头。

三禾美智子指名要他们两个同去，显然是要借机杀掉龙心兰，不过，这也是个接近她的好机会。重甲也走过去站到龙心兰身边，附和道：“我也去，我们会保护琼斯局长。”

直升机落在停机坛内，旋翼掀起了阵阵狂风。李泰哲深深地望了重甲一眼，缓缓点头。副局长的眼神似乎别有深意，重甲不觉微微一愣。

三禾美智子哈哈大笑，拽着琼斯走到舱门前，高声道：“好，丢掉你们的随身武器，然后慢慢走过来。记住不要耍花样，不然我立即扭断局长阁下的脖子！”

重甲和龙心兰对视一眼，各自抽出X1000丢在地上，然后举起双手，缓缓向三禾美智子走去。

直升机机舱太过狭窄，而且飞上天空后，再动手就很难保证龙心兰的安全。必须在楼顶拿下美智子，同时还要提防她伤害琼斯局长。怎么办？一瞬间，重甲脑海中就转过了几个念头，但脸上仍保持着平静，不动声色地向龙心兰发出了一条信息。

“等走到美智子身边，我出手攻击她，你就立即带着琼斯局长逃开。”

“有把握吗？”龙心兰投来一道含着疑问的目光。

“相信我。”

没有收到回应。龙心兰有意无意地斜跨一步，用自己的身体遮住了美智子的视线。女特工在替重甲争取出手的时机，这个举动表示她同意了赏金猎手的建议。

距离三禾美智子已不过数步之遥，美智子忽然转向重甲，平静地说：“你是端木重甲，对吧？”

重甲和龙心兰同时一呆，顿时停下了脚步。

难道她看出来了？怎么可能？重甲确认自己并未露出破绽，才回答道：“你说什么？我听不明白。”

“不要装傻。”美智子冷笑道，“你的伪装天衣无缝，但我能分辨出你的体味，还有，你身上有一股很熟悉的杀气。”

看来基因强化人也有那种难以解释的第六感。重甲思索片刻，抬手拽掉脖颈中的立体投影仪，远远丢开。

“端木重甲，果然是你！”看着近在咫尺的赏金猎手，三禾美智子眼睛中射出了一道凶光，“你竟然活下来了！还真是福大命大！”

“也许我命不该绝。”身份被识破，突袭已经失去了意义。重甲看看美智子，又看看半昏半迷的琼斯局长，提议道，“你不是要找我和龙心兰报仇吗？放开琼斯局长，咱们来做个了断。”

“这个提议很有诱惑力，可惜我不能答应你。”美智子脸上又浮出了那种轻蔑的笑，“我的目标不是琼斯，也不是你们两个。”

龙心兰稍稍上前半步，“我们知道，你的目标是那位生还者，但你休想得逞。”

“是吗？”美智子轻蔑地笑了，“中国古代有一部兵法，叫作《三十六计》，其中有一条计策，调虎离山，你们听过吗？”

调虎离山？听到这个词，重甲下意识地回过头去。除李泰哲外，天台上站了足足三十多名特工，二十多名行动队员，此外还有十余架无人机在空中盘旋。

留守星安局的人手大部分都集中在这里，分局之内还有多少人？

这个念头刚刚在脑海中闪过，整个楼层忽然微微一晃，同时，手腕上终端机内响起了伊娃的声音，“警告！发现两名入侵者，位于地下三层实验区，请立即支援！请立即支援！”

地下三层，赵晓筱就在那里。美智子挟持琼斯局长，不过是为了吸引星安局特工们的注意力，至始至终，她的目标只是赵晓筱。

第三十八章

再次交锋

“立即赶往实验区！大家立即赶往实验区！”李泰哲显然也意识到了美智子的目标何在，开始厉声发号施令。十余名特工匆匆奔到电梯间，可几秒种后，就有人回头叫道：“长官，电梯被破坏了，无法运行！”

三禾美智子漠然看着乱作一团的星安局特工们，冷冷一笑，“现在，你们知道‘调虎离山’的含义了吧。”

目前分局内只有以王教授为首的研究人员和部分警卫，再不然就是未经训练的数据分析员，特工和行动队员几乎全在天台上。伊娃发现了两名入侵者，如果两人全部是拥有超强战斗力的基因强化克隆体，警卫们根本就没有还手之力。

“警告！实验区已被突破，请立即支援！警告！实验区已被突破，请立即支援！”终端机内再次响起了伊娃的声音。

“大家都下去支援，这里交给我。”情况危急，重甲不再犹豫，左手推开龙心兰，上前一步，右拳直接砸向美智子的脸孔。

美智子面带冷笑，抬起右臂，想要挡开重甲的拳头。但她的格挡毫无效果，重甲的拳头有如流星飞坠，重重地落在了她的右颊上。美智子的身体倒飞而出，越过数米距离，正撞在直升机舱门边。轰然一声闷响，整个机身竟然向后平移出了数十公分。

自己这一拳竟然有这么大的威力！重甲又惊又喜，返身把已经处于昏迷状态的琼斯局长推给龙心兰，“你快带他离开。”

刚刚美智子被一拳击飞，却依然紧紧地抓着琼斯，重甲及时抢上去拽住琼斯局长的领口。为了化解重甲的拳力，美智子不得不松开扼着琼斯咽喉的左臂。

三禾美智子直起身来，满怀惊愕地瞪着重甲。一缕鲜血从美智子唇边缓缓流出，她身后，直升机的舱壁上赫然出现了一处凹痕。

“又用了体能增强剂？”美智子擦去唇边的鲜血，冷笑道，“我倒想和你较量一下，只可惜，今天的目标不是你。”

说完这句话，美智子稍稍俯下身，用力一蹬身后的直升机，借势扑出。整个机身咔咔作响，美智子的身体却化作了一道模糊难辨的黑影，如同激射而出的利箭，直奔龙心兰而去。

不知道她的目标是琼斯局长还是龙心兰，但女特工绝对躲不开！重甲不假思索，纵身抢上，振臂挥出一拳。美智子侧身避开，左手撑住地面，右脚飞起，踢向重甲左颈。重甲曲臂护住脖颈，同时一脚踹向美智子胸口。拳脚相交，重甲接连退开数步，美智子也借着重甲那一脚乘势向后翻出。

美智子缓缓站起身来，上下打量着重甲，目光中满是惊异，“几天不见，竟然变得这么厉害！”

重甲尚未回答，终端机内再次响起了伊娃的声音，“端木顾问，已有十七名警卫被杀，赵晓筱也被入侵者带走。”

见鬼！两名入侵者出现还不到一分钟，这么短的时间内就杀死十七名执枪警卫并掳走赵晓筱，入侵者肯定也是美智子的基因强化克隆体。

重甲环顾四周。大部分特工都随着李泰哲进了楼梯间，龙心兰也扶着琼斯局长向楼梯间走去，天台上只余下了六名行动队员，此外，可借用的力量就只有空中那十余架小型无人机。

只有先拿下三禾美智子，再回头去追带走赵晓筱的那两名克隆体。可短时间内根本不可能打倒对方，应该让伊娃操控无人机，有伊娃的帮助，才能尽快制服面前这名克隆体。

对方似乎猜到了重甲的心意。不等他下令，眼前风声劲急，美智子已迎面扑来。重甲无暇开口，只好凝神接战。

电光石火之间，两人已交手数合。风声呼啸，天台上只能看到两团模模糊糊的黑影，根本分不清谁是三禾美智子，谁才是端木重甲。行动队员们举枪乱瞄，却没人敢扣动扳机。

顷刻间，两条身影又骤然分开，相距数米一动不动。

重甲低头看看，西服前襟被划开了两道口子，肌肤上也有两道长长的血痕。美智子的指甲锋利如同刀锋，他的动作再慢上十分之一秒，就会被开膛破腹。重甲也踹了对方一脚，但美智子脸上只有几分惊愕和难以置信，并无痛楚之色，似乎那一脚没有对她造成严重伤害。

“好奇怪啊，你不像是用了体能增强剂！”美智子盯着重甲，双眉紧皱，目光中满是困惑。

重甲并未回答，抬起左腕，对着终端机喝道：“伊娃，帮我拿下美智子。”

话音未落，美智子身影忽然微微一晃。重甲急忙后退半步，提防她继续追袭龙心兰或琼斯。但美智子却腾身跃起，如同鹞鹰一般在空中翻过，落到了直升机之上。

她要逃走！重甲也腾身跃起，凌空越过直升机，抬眼看去，没看到美智子的身影，却发现天台护栏前丢下的黑色西服。显然美智子脱去外衣，跳楼而逃。

重甲跃到天台护栏前，低头一看，恰好看到一团红影跃落地面。脱去伪装的美智子仍然穿着那身红色紧身衣。

路边的行人中发出了几声含混不清的惊呼，显然有人看到了美智子纵身跃落那一幕。三禾美智子对路人视若不见，抬起头向重甲冷冷一笑，跳起身向一条小巷奔去。

怎么办？去追美智子？还是去追带走赵晓筱的两名克隆体？重甲正在犹豫，终端机中忽然响起了副局长李泰哲的声音，“重甲，追上三禾美智子，最好能生擒她，但记住，不要在公众面前暴露实力。”

李泰哲害怕人们知道重甲已经是一名超级战士，以避免媒体关注，给星安局带来不必要的麻烦。不过，这种紧急时刻，既要追上美智子，还要隐瞒身份和实力，难度还真高！重甲无奈地摇摇头，“明白，先让伊娃帮我盯着美智子，我这就追上去。”

重甲回头捡起丢在天台上的立体投影仪和X1000，匆匆将投影仪戴在脖颈间，再返身奔到护栏边，可路面上早已没了美智子的身影。

视野中出现了一个红色箭头，斜斜指向右前方，同时，临近几个街区的地形图也浮现在智能眼镜前。伊娃及时在增强视野中标出了美智子逃跑的方向。

重甲精神一振，开启立体投影仪，再次伪装成那位肥肥胖胖的鲍勃特工，然后纵身从楼顶一跃而下。楼顶距离地面足有二十米，以前这么直接跳下去就等于自杀，但今天，重甲相信自己可以轻松办到。

耳边风声呼啸，然后一声闷响，重甲立足不稳，单膝跪倒在地，脚下的砖石四分五裂。周围的路人们再次发出了几声惊呼，重甲也顾不上理会，挺身跳起，遁着伊娃所指示的方向追去。

空中风声簌簌，有三架小无人机跟随在重甲身后，那是伊娃在提供支援。

暂时还看不到美智子，箭头所指的方向是时代广场，中州市最繁华的地段之一。广场四周有几十家商场和影剧院，向来是中州市的娱乐及购物中心，人流量极大。可如今，大部分离开都市的居民尚未回归，广场每天都空荡荡的，美智子为什么要往那里逃?

重甲心生疑惑，在全速狂奔中抬起左腕，急促地说："伊娃，看一下时代广场有没有异常。"

两秒钟后，他就收到了伊娃的回应，"重甲先生，广场中正在举行演讲，聚集了将近五千名市民。"

果然如此，美智子逃向时代广场，不过是想借密集的人群来隐藏自己。重甲心中焦躁，再次加快了脚步。

第三十九章

众矢之的

奔过两个街口，重甲忽然停下了脚步。

前方就是时代广场，六条街道在此交汇，四周华厦林立，色彩绚烂的霓虹灯和全息广告依然闪烁。广场中心站满了人，足足数千名市民围聚在一个临时搭建的演讲台下，正在聆听演说。

演讲台上，一位西装革履的家伙挥舞着拳头，大声疾呼道：“公民们，公民们，星球安全理事局就是一个畸形的怪胎，在自由与民主深入人心的今天，居然能高高凌驾于政府、国会以及大法院之上！对于上千民众死于非命的严重事件，他们居然胆敢隐瞒事实，置民众至高无上的生命于不顾！是谁赋予了他们权力？是我吗？是你们吗？是咱们在场的每一位公民吗？不，我们没有……”

“说得好！”

“星安局没有这个权力！”

“我们不需要星安局！”

“草菅人命，星安局就是幕后黑手的帮凶！”

……

演讲博得了民众们的热烈呼应，似乎颇为精彩。此时重甲自然没有心情去听演讲内容，视野中的箭头还在，笔直指向人群深处，但现场聚集着将近五千名民众，摩肩接踵，望出去黑压压的一片，根本无从分辨哪个才是三禾美智子。

重甲犹豫片刻，看到身边有一根路灯杆，忙腾身跃起，双手抓住灯杆，翻身跃上灯柱顶端。几天前重甲还做不到这个动作，但现在他稳稳地站在细细的灯柱上，仿佛脚下踩着坚实的平地。

凭高远望，视野顿时开阔了许多，但奇怪的是，仍然看不到那个火红色的身影，美智子仿佛融化在了人群里。三架无人机先后从重甲头顶上方飞过，在民众上空缓缓盘旋。

有伊娃帮忙，很快就能找到美智子。可惜事与愿违，视野中的红色箭头左右乱晃，似乎失去了目标方位。半分钟后，箭头闪烁几下，然后慢慢消失。

重甲目瞪口呆，愕然道："伊娃，怎么回事？"

"非常抱歉，重甲先生，对方的衣服能变色，我失去了她的踪影。"不知道是不是错觉，重甲居然从伊娃的声音中听出了一丝无奈。

难怪看不到美智子的身影，她的紧身衣不仅能防弹，还兼具伪装功能。她只需要躲在听众群里切换几次颜色，就能悄然隐身于人海之中。

重甲有些不甘心，问道："不能启用面部识别排查吗？"

"非常抱歉，我已经试过了，有3887名听众戴着呼吸器和口罩，此外还有423名听众戴着帽子，暂时无法全部识别。"

"见鬼！真他妈见鬼！"重甲咒骂几声，"美智子肯定还躲在人群里，能不能调动军队围住演讲现场？"

"我没有权限调动军队，而且，重甲先生，这不是一个好建议。"

重甲细细一想，才感觉自己确实有些操之过急了。这些市民本身就在抗议星安局，假如星安局再调来军队围堵演讲现场，恐怕立即就会引发骚乱。

思索片刻，重甲提议道：“让无人机飞低一些，再搜索一遍。另外再派几组行动队来，协助搜索。”

“收到。”

三架小无人机降低高度，在听众上方缓缓盘旋。重甲也集中精力，目光在人群中不住扫视，希望能找出三禾美智子的身影。

“星安局的无人机！星安局在监视咱们！”几分钟后，围观听众发现了无人机。一块石头从人群中抛出，向空中的无人机投去。无人机迅速升起，石块落空，砸落在人群里，惹来了几声惨叫。

“他妈的！居然还来监视我们！”人群开始骚动起来。

“大家看，大家快看那个光头佬，他戴着星安局的标志，他是星安局的特工！”围观听众中响起一声高呼，有人看到了高高站在路灯杆上的赏金猎手。

标志？重甲低下头，果然在右胸发现了一个印着闪电盾的徽章。这是每位星安局特工都要佩戴的身份铭牌，龙心兰曾叮嘱过重甲，作为特别顾问，更要随时佩在身上。

“揍他！这光头佬是星安局的密探，他在监视咱们！”

“揍他！揍死星安局密探！”

“揍他！”

……

愤怒的吼声从人群中响起，随后，几个饮料瓶带着风声划过天空，向重甲劈头砸来。近百名民众回过身，从人群中涌出，气势汹汹地扑向重甲。

见鬼！星安局啥时候变成过街老鼠了，竟然人人喊打！这一下攻守易势，堂堂星安局特别顾问反而成了众矢之的。重甲为之愕然。

这时候给大家解释他在追捕散播基因病毒的疑犯，会有人听吗？重甲躲开飞来的饮料瓶，心中有些犹豫。

叫骂声愈加响亮，更多的饮料瓶迎面飞来，其中还夹杂着石块和皮鞋。众怒难犯，重甲无可奈何，纵身从路灯杆上跃下，回头向一条小巷奔去。身后骂声四起，人们不依不饶地追了上来。

居然敌我不分！乌合之众！真是乌合之众！重甲啼笑皆非，心中有些恼火，却又感到几分隐隐约约的好笑。

转过巷口，重甲一把扯下立体投影仪，又扯下印着闪电盾的身份铭牌，一起塞进衣兜。看看周围没有人影，重甲从怀里摸出香烟叼在嘴上，做出一副无所事事的模样。

追兵蜂拥而至，看不到光头佬的身影，大家面面相觑，有些不知所措。人群中一位敦实的年轻人指着重甲喝道："你，有没有看到一个光头佬跑过去？"

"光头佬？看到了。"重甲随手向身后一指，"那家伙跑得就像一头脱了缰绳的野猪，差点把我撞倒。"

"追！咱们追！"人们推开重甲，大喊大叫着涌进小巷。几个落后的年青人仍围住重甲不放，喝问道："你是不是星安局的人？老实交代？"

"孙子王八蛋才是星安局的人！"重甲点燃香烟，理直气壮地喝回去。年青人互相看看，不再理睬重甲，掉头跟在了大队人马身后。重甲看再无人经过，才丢掉香烟，回头向演讲现场奔去。

“重甲先生，恐怕您的行为会给星安局带来麻烦。”智能眼镜的增强视野中浮现出了一行字符，从语气来看，给他发讯息的不是龙心兰，而是计算机伊娃。

重甲有点莫名其妙，回复道：“什么麻烦？”

“李副局长叮嘱您不要在公众面前暴露实力，而您却伪装成了星安局特工，很多人都看到了这一幕，恐怕有人会认为星安局已经掌握了基因增强战士的技术。”

重甲微微一愣。本来他应该伪装成一个普通人，一个无名之辈，但刚刚只顾着追赶三禾美智子，确实有些疏忽了。

“见鬼！我大意了，还有办法补救吗？”

“恐怕不太容易。”

对话中，重甲又回到了时代广场。演讲仍在持续，台下的听众还在欢呼，但经过刚才的骚乱，三禾美智子自然早已踪影全无。

重甲又让伊娃操控无人机在人群上方兜了几个圈子，依然未能找到美智子，反而又惹来了一阵骂声。赏金猎手无可奈何，只好让无人机远远飞走。因为害怕被人发现是他在控制无人机，重甲就用智能眼镜给龙心兰发了一条讯息，“抱歉，我追丢了。”

很快，重甲就收到了女特工的回复，“我和李副局长已经看了监控录像，责任不在你。立即回星安局，我们有更重要的任务！”

“什么任务？”重甲有些好奇。

但龙心兰不再解释，只回复了简短的两个字，“速回。”

到底什么任务比追捕三禾美智子还更加重要？重甲满怀不解。

第四十章

藏身之所

走出电梯门，重甲一眼就看到了龙心兰。女特工身穿黑色作战服，怀里还抱着头盔，正站在走廊里等他。

“这玩意已经没用了，他们知道我还活着。”重甲从怀里摸出立体投影仪丢到一边，“咱们又有什么重要任务？”

“李副局长在赵晓筱体内植入了追踪器，跟着她，我们就能找到欧文的藏身之所。”龙心兰表情异常严肃。停顿片刻，又补充道，“先跟我去换衣服，等会儿李副局长会宣布行动计划。”

原来如此，李泰哲向来喜怒不形于色，城府极深，果然也是一只老狐狸。他早就料到欧文会想方设法掳走生还者，所以预先在赵晓筱体内植入追踪器，然后假装中了三禾美智子的调虎离山之计，再带着大部分人手登上天台，让美智子的克隆体顺利劫走赵晓筱。

这个计中计倒是挺精彩，问题是从不犯错的欧文会中计吗？

看到重甲沉思不语，龙心兰回头催促道：“快，时间紧张。”

重甲不再犹豫，跟着龙心兰走进装备库，给X1000挑选几个备用弹夹，为防止对方再次释放基因病毒，又带上了全封闭头盔和维生装置。穿好作战服后，就随同龙心兰匆匆赶往一层大厅。

大厅内已经聚集了一百余人，包括三十多名精英特工，数十名作战队员，每个人都全副武装。让人奇怪的是，还有三条黑色的警用机器狗蹲在队员们身边。

李泰哲也穿着作战服，负手挺胸，站在众人面前。他脸上已经没了不久前的惊慌失措，双目炯炯有神，一副成竹在胸的模样。

看到龙心兰和重甲走进大厅，李泰哲点点头，开口道："各位，在赵晓筱被劫走之前，我已经让伊娃在她体内植入了纳米追踪器，伊娃会把讯息发送给大家，我们只需跟随追踪讯号，就能查出欧文·肖的藏身之地。"

"欧文·肖老奸巨猾，为了迷惑他，我还特地在赵晓筱的外衣上安装了几个微型追踪器，唯有如此，他才不会想到赵晓筱体内还另有玄机。"

"此外，就算欧文取出赵晓筱体内的纳米追踪器也没有用。追踪器外壳具有特殊材料做的涂层，进入人体后，涂层就会融化分解，渗入肌肉及血液，再通过汗腺或尿液挥发，持续释放人类无法觉察的气味。"

人类闻不到，但机器狗可以。为保证一举成功，李副局长还真是煞费苦心。重甲看着沉静自若的李泰哲，不觉对这位星安局副局长产生了几分敬佩。

"本次行动由我亲自指挥，这次，我们要把欧文·肖一举拿下！"李泰哲低头看看自己的终端机，大声说道，"出发！"

三架直升机排成一列纵队，向着茫茫夜空飞去。

队伍分为地面和空中两组。空中组由龙心兰和重甲指挥，搭乘三架直升机；地面组由副局长李泰哲率队，分别乘坐十余辆越野车。目前追踪讯号还在，一旦追踪器失效，他们就启用机器狗继续追踪。这种警用机器狗的嗅觉是正常犬类的两倍以上，它们能闻到赵晓筱体内散发出的特殊气味。

重甲坐在直升机舷窗边，默默地望着窗外灯火绵延的大都市。数不清的霓虹灯和全息广告在视野中铺展开去，与夜空中的星光连在一起。

“在想什么？”身边的龙心兰转过脸看着重甲，眼眸里，似乎有无数点星光在隐隐闪烁。

重甲犹豫了一会儿，才答道：“我在想欧文的目的。在地下室，他说他的目标并不是消灭人类，我不明白他要干什么。”

“我也不明白。”龙心兰也把目光投向夜空，幽幽地说，“或许，今晚我们就能得到答案。”

“嘟，嘟，嘟……”机舱内忽然响起了几声电子讯号，紧接着，计算机伊娃用她那一成不变的平静口吻汇报道：“微型追踪器讯号消失，目标体内的纳米追踪器已启用，行动继续。”

恐怕纳米追踪器也会被发现。重甲心里刚刚转过这个念头，伊娃的声音再次在机舱内响起，“纳米追踪器讯号消失，启用机器狗，行动继续。”

见鬼！追踪器这么快就全被破坏了。欧文老奸巨猾，肯定能料到所有追踪手段。机器狗能行吗？重甲再次向窗外张望一眼，灯光依旧绵延不绝，他们还在中州市范围之内。

重甲的担心很快就成为了现实，仅几分钟后，三条机器狗都停在了一个街口处，团团打转，却怎么也不肯前进。

“讯号全部消失，行动……中止。”这一次，扬声器中传来的是李泰哲那既不甘又无奈的声音。

龙心兰的两道秀眉紧紧地皱成了一团，默然片刻，才不情不愿地说：“掉头返航。”

这一次仍然找不到欧文的藏身之处。下一次，欧文和美智子会在哪里释放基因病毒？下一次，又会有多少人死于非命？欧文和三禾美智子，这两个疯子到底要做什么？

王教授说过，重甲的感觉神经远比正常人类发达，重甲已经证实了听觉和视觉，但还没有机会实践过嗅觉，他能分辨出机器狗也闻不到的气息吗？

三架直升机一起调转方向，准备返回星安局。重甲忽然抬起头，“等一下，让我试试。”

“你？”龙心兰愕然道，“你能行吗？”

重甲指指自己的胸口，微笑道：“别忘了，我现在是超级战士。”

三架直升机跟随下方的车队驶到一个比较开阔的街口，缓缓降低高度，不等直升机落到地面，重甲就拉开舱门，纵身跃下。

李泰哲站在为首那辆越野车旁边，透过面罩看着重甲，目光中满是探询和疑问，其中还含着隐隐约约的希冀。那三条机器狗无精打采地蹲在李泰哲脚边，还在徒劳地嗅着空气。

“那种纳米追踪器，拿出来让我闻一下。”重甲走到副局长身边，伸出右手。李泰哲摆摆手，他身后的特工立即伸手入怀，取出一个扁平的金属匣。

匣子里并排放置着三枚小到几乎看不到的追踪器，在街灯的映照下微微发亮。重甲端详片刻，举起匣子，凑到鼻端深深地嗅了一下。

追踪器上有一股淡淡的橘香，其中还夹杂着几丝铁锈味，这味道很特殊。重甲合上金属匣，闭上双眼，努力在空气中分辨那股气息。

目无所视，身体对大自然的感知却放到了极致。空气中的味道很杂乱，香水味、汗臭味、红酒味、铁锈味、面包味、花香味、尿液味、果蔬味，甚至还有男女做爱时分泌的体液味……各种味道混杂在一起，就是大都市的气息。

许久，重甲终于捕捉到了那股夹杂着铁锈味的橘香，很微弱，若有若无。重甲又原地站了两分钟，确信并无差错，才睁开双眼，抬手指向北方，“就在那个方向。”

李泰哲精神大振，举手一挥，“方向正北，继续行动！”

那股气味时浓时淡，但萦绕不绝，如同一缕细细的丝线，在夜空中隐隐飘荡。车队跟随重甲指示，驶出中州市市区，又行驶了将近半个钟头，重甲忽摆手道：“等一下，闻不到了。”

十余辆越野车先后停下，上方的直升机也悬停在了半空中。重甲推开车门跳下车来，再次闭上双眼努力分辨，却始终未能再次嗅到那股气味。

怎么突然就消失了？气味的丝线凭空断绝，难道欧文的老巢就在这附近？重甲睁开双眼，四下张望一阵，目光突然落在数百米外的一大片废墟上。碎石遍地，高高矮矮的断墙有如鬼影，耸立在无边的夜色中。

三年前，那片废墟是维兰德科技的总部，被三禾美智子炸毁。维兰德科技倒闭之后，没有人对这片土地感兴趣，就一直荒废到了现在。

难道欧文一直躲在废墟里？重甲指指那片废墟，对李泰哲说：“仔细搜索那片废墟。”

李泰哲向黑暗中张望一会儿，疑惑地说："维兰德科技总部早就被废弃了，欧文会躲在这？"

"气息就在这里中断了，还是搜搜看吧。"毕竟是第一次利用嗅觉追踪敌人，重甲对自己的结论并没有什么自信，却也不愿就此放弃。李泰哲犹豫一会儿，还是下令道："行动队，全体下车，搜索那片废墟。"

数十名行动队员鱼贯下车，分散成搜索队形，缓缓向沉浸在夜色中的维兰德遗址走去。空中的直升机也放出了九架小型无人机，配合队员们展开搜索。

李泰哲推门下车，和重甲并肩而立，静静地等待着。约十余分钟后，一个声音在通话器中响起，"长官，有发现。"

第四十一章

废墟深处

“什么发现？”李泰哲嗓音沙哑，透着几分急切。各种追踪手段先后被对方识破，行动失败已成定局，此刻终于又有了一线希望，向来沉稳的副局长大人也不禁失去了冷静。

“一个玩具熊，不，一个玩具熊猫，像是刚刚丢下的。”

如同被一道突如其来的闪电劈中，重甲顿时全身僵硬。片刻后，他又敏捷地跳起身，向废墟深处奔去。李泰哲在他身后连声呼唤，重甲也毫不理会。

大大小小的碎石满地都是，崎岖难行，但重甲在碎石中纵跳如飞，丝毫不受影响。玩具熊猫，会是他送给赵晓筱那只玩具熊猫吗？如果是，就足以证明他的推断没有错！

没多久，重甲就看到几名队员站在一堵半人高的残墙后，其中一名队员手里拎着一只毛茸茸的玩具熊。重甲纵身跃过残墙，队员们点头致意，将玩具熊递给了重甲。

玩具熊黑白相间，圆嘟嘟的脑袋，胖乎乎的身体，黑耳朵，黑眼圈，上面还残留着一股带着铁锈味的橘香，果然是重甲送给赵晓筱的那只玩具熊猫。重甲留意到玩具熊少了一条腿，像是被人暴力扯断，然后随手丢在了这里。如果不是他建议搜索废墟，肯定不会有人发现。

重甲勉强压下心中不断翻涌的波澜，开启队内通话，汇报道："李副局长，找到线索了，这只玩具熊正是我送给赵晓筱的礼物。"

发动机的轰鸣打破了周围的寂静，李泰哲率领车队赶到，数十道光柱把阴森森的废墟照的一片雪亮。三架直升机也迅速飞近，缆绳垂落，龙心兰和数十名行动队员沿着缆绳从天而降。

李泰哲看过那只玩具熊猫后，立即下令全面搜索，并让伊娃接入侦察卫星，仔细扫描这片废墟。

十几分钟后，龙心兰忽然发出讯息，让大家向她的位置集合。重甲距离女特工最近，立即返身奔到龙心兰身边，问道："有什么发现？"

"看那里。"龙心兰抬手一指。重甲顺着女特工的手势看去，果然在三块石板中间发现了一个不足十余公分的洞口。两块厚重的大石板倾斜在一起，外面还有一块较小的石板遮盖，不仔细观察很容易忽略。

队员和特工先后赶到。重甲戴上头盔，开启内置探知器，前后左右仔细观察。确认没有隐藏的监控或报警器，他才走上前，搬开挡住入口的小石板。一个黑峻峻的洞口出现在大家面前，似乎深不见底。

李泰哲挥挥手，三架小无人机列队飞进洞口，开始扫描整个洞穴。无人机由伊娃操控，为保证行动顺利，李泰哲需要中央计算机的帮助。

没多久，重甲的头盔面罩上就浮现出了小无人机传回的画面。洞穴仅容一人通行，斜斜向下，曲折崎岖，突出的混凝土碎块和断掉的钢筋骨架随处可见，似乎有人在废墟中强行挖出了一条通道。

龙心兰思索片刻，忽然说："从位置来推断，这个洞穴就是维兰德科技的底层实验区，爆炸后整栋大厦坍塌，整个实验区被全部覆盖。搜救工作完成后，负责清理的公司嫌报酬太低，于是就地掩埋了起来。”

又过了将近十分钟，小无人机才飞到洞穴尽头。整条洞穴将近一百米深，尽头处相当开阔，方圆约有百余平方米，碎石块也比较少，像是额外清理过。

洞穴尽头是一扇高约三米的暗门，与地面平行，门板的颜色与周围的墙壁相差无几，需要仔细分辨才能发现。

欧文·肖的藏身之所，就在维兰德科技的废墟深处。

维兰德科技总部早已荒废，除了无家可归的流浪汉，极少有人经过，隐蔽性极好。而且，三年前这里就是欧文秘密开展“进化”计划的老巢，该计划被重甲和龙心兰挫败，维兰德总部也被夷为平地，恐怕没人会想到欧文竟然再次把巢穴设在原地。

经过简短的商议，决定由重甲和龙心兰率领一大半兵力深入洞穴，李泰哲则带领余下人员留守地面，并搜索附近有无其他入口。通道仅容一人通行，重甲就主动承担了开路的责任，当先钻进洞口。

通道阴暗狭窄，上下左右全是尖利的碎石或断裂的钢筋，而且还有锋利如刀的玻璃碎片，如果不是身穿全封闭作战服，稍不留神就会被划伤。

到达洞穴尽头，重甲发现三架无人机仍围在那扇暗门前，不断射出扫描光线。不等重甲开口询问，伊娃就主动汇报说：“重甲先生，我已经全部扫描过，周围的墙壁都是实体，唯有这扇门后面是空的，门后有一条走廊。”

“能打开吗？”

“门上有密码锁，链接着报警系统，强行打开会触发警报。”

重甲走到门前仔细看看，果然在门框边看到了一个密码锁。按键和锁面全由合金制成，没有电子屏，也没有液晶屏，工艺陈旧，似乎颇为古老。

“不能解开密码吗？”

“已经在运行解码程序，还需要一分三十五秒。”

“有没有发现监控器？”

“目前没有发现，但我分析门后的通道肯定有监控设备。”

重甲四周扫视一番，忽然在门框两边看到了两副图画。一幅画是核弹爆炸的场面，地动山摇，蘑菇云冉冉升起；另一幅画却是一家人安然待在地下掩体里，喝着啤酒听音乐，其乐融融。画面已严重褪色，纸张泛黄，而且从绘画风格来看，应该是二十世纪五六十年代的核战宣传画。

发现重甲一直盯着那两幅宣传画，伊娃就主动解释道：“我已经做过了数据比对，从建造年代来分析，这里应该是冷战时期的核弹避难所①，后来才被改造为秘密基地。”

“密码解开了吗？”重甲对这个古老的避难所并不感兴趣，他更在意伊娃能否顺利破解密码锁。

伊娃平静地回答道：“已经解开了，纯数字密码，66260693。”

说话间，龙心兰钻进了洞穴，行动队员和特工们也先后到达。重甲迎上前去，尽量简短地把伊娃发现避难所的事和龙心兰等人解释了一下。

一位金发特工疑惑地问：“二十个世纪的核弹避难所？这种老古董欧

① 美苏冷战时期，考虑到核战争的威胁，双方都修建了很多大型核弹避难所，甚至有不少民众在自己家里开挖地下防核掩体。

文是怎么找到的？”

“这个避难所原本就位于维兰德科技总部下方，应该是欧文和美智子兴建地下基地时偶然发现的。恐怕当时他们就打算把这里当作秘密基地，所以没有报告这件事，因此，避难所不在维兰德的建筑蓝图里。”重甲如此分析。

“核弹避难所极为坚固，易守难攻。”龙心兰双眉紧皱。想了一想，她又补充道，“千万要小心，以防再次中计。”

重甲耸耸肩，道：“伊娃认为门后安装有监控设施，而且目前只发现了这一条通道，咱们一进去就会暴露。”

“难道连通风口都没有？”那位金发特工满怀不解。

“上面的无人机仍在继续搜索，但没有发现通风口。”伊娃好心地解释道，“如果避难所内安装了生命循环系统，就不需要通风口，一台造氧机就可以从水中分离出人体所需的氧气。”

龙心兰思索一会儿，皱着眉问：“伊娃，你有办法让大家不被发现吗？”

“有办法。”伊娃立即给出了答复，“我能够侵入避难所内部网络，从监控录像中抹去大家的身影，但我需要一台终端机链接密码锁线路。”

“你要保证不被对方发现才行。”重甲急忙补充了一句。

伊娃平静地回答道：“重甲先生，请您放心，这几天来，我学到了很多。”

学到很多？莫非这台人工智能会越来越聪明？重甲疑惑地瞟了龙心兰一眼。龙心兰低声解释道：“伊娃拥有自主学习功能。”

龙心兰走到门边，抽出腰间的短刀，小心翼翼地撬开了密码锁控制面板，又从终端机中扯出两根导线，按着伊娃的吩咐接入线路。

一分钟，两分钟，三分钟……大家在黑暗中静静地等待着，一声不发。寂静的洞穴内，只能听到通话器中传出或轻或重的呼吸声。

不知过了多久，伊娃那平静的声音再次响起，“成功侵入监控预警系统，对方没有发现。”

第四十二章

地下决战

随着低沉的轰隆声，厚重的合金大门缓缓开启。

门后果然是一条宽敞的通道，穹顶上悬挂着一排老式电灯，两侧墙壁上贴着几幅核战宣传画，粉刷的油漆大部分已经斑驳脱落。通道尽头是第二扇大门，但并未闭合，隐约能看出门后是一间大厅。

重甲留意到穹顶两侧各安装着一个新型全方位监控器，与陈旧的宣传画和电灯相比，显得有些格格不入。没有听到警报声，显然伊娃已经成功控制了对方的监控系统。

“避难所共有三层，第一层没有人，一个克隆体和赵晓筱待在第二层实验室里，第三层没有监控器，无法确认欧文及其余克隆体的详细位置。”随着伊娃的解说，避难所内部结构图浮现在重甲头盔面罩上，一红一绿两个光点在图中隐隐闪烁。

龙心兰把情况简短地向李泰哲作了汇报，征得上司的同意后，即刻拔枪在手，喝道：“开始行动！”

队员们举起突击步枪，分作左右两队，无声且讯速地贴着墙壁向前移动。

重甲手执X1000，独自走在队伍最前方。赏金猎手的感知能力和反应速度远远超过其他人，因此探路和示警的任务就理所当然地交给了他。

正如伊娃所言，第一层果然没有人。环形大厅里放着几部破旧不堪的老式计算机，用的居然还是早该进博物馆的球面CRT显示器。所有的设备都陈旧不堪，上面积着厚厚的灰尘，显然从未启用过。

队员们检查了第一层的每个房间，但除了一些老掉牙的武器装备，就是生活用品和已经过期许久的罐装食品，此外并没有什么有价值的发现。

避难所并没有安装电梯，楼梯位于左右两侧，从伊娃提供的建筑结构图来看，第二层应该是居住区，大都是独立的套房，依靠中间的十字形走廊相连接，赵晓筱和美智子就位于靠近右侧楼梯的一个房间内。

重甲示意龙心兰率队走左侧楼梯，自己则沿着右侧的楼梯下到了第二层。

周围静悄悄的，只能听到隐隐约约的轰鸣从脚下传来，似乎第三层内有某种设备正在运行。第二层的走廊和入口处通道相似，顶部装着一排老式电灯，墙壁上贴着早已褪色的宣传画。仿佛中，重甲感觉自己穿越了时光，行走在早已逝去的年代里。

“重甲先生，对方已有所觉察。”面罩上忽而闪现出一行文字，随后，前方左侧的房门突然打开，身穿红色紧身衣的三禾美智子跨出了房门。看到穿着作战服的赏金猎手，美智子微微一愣，双眉挑起了一个诧异的弧度。

被发现了！重甲毫不犹豫，端平X1000，扣动扳机。原本低沉的枪声在走廊中放大了数倍，震耳欲聋。

没有命中。美智子背后的门框被高爆弹轰开了一个大洞，美智子则闪电般俯下身子，贴着地板滑到重甲面前，双脚飞起，自下而上踹向重甲面门。

这一招大出意料，重甲退开半步，避过这迎面一脚，但手腕剧震，X1000已被对方远远踢飞。

“端木重甲？”美智子缓缓站起身，曲肘沉肩，摆出了进攻的架势，“你是怎么找到这里的？”

重甲晃晃手腕，感觉没有受伤，才指指自己的鼻子，答道：“托你们的福，现在我不仅体能出众，嗅觉也远比正常人要灵敏，能闻到你们的藏身之处。”

美智子再次挑起双眉，疑惑地问：“这么说，基因病毒反而让你获得了超能力？”

“正是如此。”

“不可能！这不可能！”美智子不住摇头，语气中透着几分疑惑和恐惧。

这个疯狂的女人在害怕，为什么？重甲不由问道：“为什么不可能？”

“发现目标，开火！开火！”美智子尚未回答，通话器里忽然枪声四起，其中还夹杂着撕心裂肺的惨叫，龙心兰率领的行动队也和敌人开火了。

和经过基因强化的敌人正面对抗，龙心兰能行吗？双侧楼梯距离很远，重甲看不到战况。他略感不安，盯住美智子，问道：“你到底有多少克隆体？”

三禾美智子并未回答，歪着头打量着重甲，忽而冷冷一笑，“你猜？”

没时间和这个克隆体斗嘴，尽快打倒她赶去支援龙心兰才是上策。重甲拿定主意，对着通话器喝道：“伊娃，让李副局长立即派人支援，另外记得搜索有无其他出口，防止欧文乘机逃跑。”

“遵命，重甲先生。”

得到伊娃的答复，重甲稍稍放下心来，用力一蹬地面，一阵响声，脚下坚硬的花岗岩地板竟然绽开了蛛网般的裂纹。美智子看在眼里，不觉面色为之一变。

重甲只一个跨步就扑到美智子面前，戴着作战手套的右拳挟着风雷之势直奔她面门，拳速之快，仅在空气中留下一抹隐隐约约的残影。美智子似乎不敢硬挡这一拳，抬手架开重甲的拳头，右掌并立如刀，五片涂成紫罗兰色的指甲在空中划出一道妖异的紫光，戳向重甲咽喉。

转眼间，两人已打成一团。他们的动作快到了极处，每一拳每一脚都拖曳着模模糊糊的残影。无形的气流以重甲和三禾美智子为中心向外涌出，每一次拳脚相交，都如同半空中落下了一道霹雳，挟风裹雷，使得地面和墙壁震颤不已。

似乎意识到实力不及，美智子不再像以前那样放手猛攻，而是尽量避开重甲的拳脚，再伺机反击。重甲心中焦急，却一时难以抓住对方的破绽，反而接连挨了美智子两拳一脚。

“重甲先生，龙心兰特工已经率队成功压制住了对方，您无需担心。”通话器中忽然响起了伊娃的声音，这台人工智能似乎能感觉到重甲在担心龙心兰的安危。

这个消息让重甲大为安心，他架开美智子一记手刀，旋身踹在对方前胸。美智子一声不吭，退开数步，又咬牙猛扑上来。眼看对方奋力抢攻，咽喉处露出破绽，重甲当机立断，曲臂挺肘，正中美智子的下颌。美智子站立不定，不由自主地腾空而起。不待对方落下，重甲又振臂挥拳，一拳打在她胸腹之间。

这一次美智子再也无法保持平衡，整个身体向后飞出三四米远，又贴着地面滑出了足足五六米。

终于打倒了这个难缠的女人。重甲箭步抢上，喝道："现在你不是我的对手，还是束手就擒吧！"

"做梦！"美智子半跪在地，毫不示弱地瞪着重甲，两眼中凶光四射，宛如一头欲择人而噬的母豹。

"星安局已经包围了这里，你们已经无路可逃！"

美智子不再答话，喘息片刻，猛然腾身跃起，迎面扑来。右手五指张开，长长的指甲在灯光下映出道道利光，似乎要把重甲活活撕成碎片。

来势虽然凶猛，但破绽尽露。重甲不慌不忙，振臂架开，右拳乘势打向对方面门。出乎预料的是，美智子并未闪避，依旧合身向前猛扑，张开双臂，将重甲牢牢抱住。

这女人要干什么？重甲一时挣不开手臂，忙提起右膝，重重撞在对方胸腹之间。骨裂声清晰可闻，三禾美智子张开嘴，吐出了一口鲜血，但仍然不肯松手。

"端木重甲，去死！哈哈哈！"美智子狂笑不止，两只眼睛喷射着无穷无尽的仇恨和怨毒。她的笑声中夹杂着一种奇异的嘶嘶声，那声音听上去异常恐怖。

吞噬杆菌！三禾美智子明白已无路可逃，又无法战胜重甲，所以要和他同归于尽！重甲顿时惊出一身冷汗。

转眼间，三禾美智子原本丰润的双颊已经塌陷下去，面目五官如同融化了的冰淇淋，挤作一团，看上去既诡异又恐怖。浓浓的绿色烟雾从她完全变形的嘴巴里缕缕飘出，距离重甲的头盔面罩不过十余公分。

重甲心惊肉跳，双臂奋力一挣，终于挣脱了美智子的紧抱。一点绿液粘在面罩上，迅速向四周洇开，坚固的高分子面罩开始塌陷变形。

只要有一点点粘上肌肤，那他就死定了！重甲不敢怠慢，用最快的动作脱下面罩，随手丢下，然后纵身远远退开。

仅仅几秒钟，三禾美智子胸腔以上的部分已经完全消失，深绿色烟雾以她的身体为中心向四周不住扩散，令人听着不禁牙齿发酸的嗤嗤声不绝于耳，花岗岩地面和通道两侧的墙壁都迅速蒙上了一层深褐色的锈斑。

过不多久，美智子的身体就完全融化，变成一摊黄绿相间的黏液。走廊中弥漫着刺鼻的腥臭，重甲掩住口鼻，心脏犹在狂跳不止。

第四十三章

不是结局

手腕上的终端机忽然剧烈地震动起来，有来电呼入。重甲刚刚接通，终端机中立即响起了龙心兰急切的声音：“重甲，重甲，你怎么样？有没有受伤？”

女特工在担心他。作战服头盔内整合着通讯及监控系统，重甲丢掉头盔，龙心兰那边就失去了他的讯号。

“我没事，你派两名队员过来接应赵晓筱。”

“通讯怎么会突然中断？”

重甲低头看看，头盔已经被吞噬杆菌分解了一大半，绿雾犹在四处扩散。他又退开几步，回应道：“三禾美智子的克隆体使用吞噬杆菌自杀，我的头盔沾上了一点，只能丢掉。”

龙心兰停顿片刻，稍稍放缓了语气，“我们这边也是，一个克隆体受伤后使用了吞噬杆菌，另外一个则逃进了第三层。”

回想刚才美智子那疯狂的表情，重甲犹有余悸。他擦掉额上的冷汗，待剧烈跳动的心脏稍稍平复，才开口道：“第二层已经安全了，我这就过去和你们会和。”

只有一个宽阔的楼梯通往第三层，两名行动队员的尸体伏在花岗岩台阶上，都是身首分离，显然是被一刀毙命。三架无人机悬停在楼梯上方，机身下的枪管犹在冒着淡淡的青烟。

尸体布满走廊，鲜血满地，看上去触目惊心。刚刚的战斗中，星安局损失了六位特工和十七位行动队员，另有六人身受重伤，才勉强击毙一名克隆体。

几乎折损了一半兵力，伤亡惨重。李泰哲建议暂缓进攻，等待地面队伍增援。不清楚第三层有无逃生通道，也不清楚欧文有什么更疯狂的计划，拖的时间越久，危险系数越高。龙心兰和重甲简短地商议了一下，决定由三架无人机配合重甲担任先锋，立即强攻第三层。

重甲检查了一下装备，拔出X1000，小心翼翼地踏下了台阶。三架无人机围绕在他周围，枪口朝外，负责警戒。

刚刚踏下最后一级台阶，一股冰锥般的杀气突然从天而降，重甲来不及去看对方藏身何处，急忙纵身向后跳去。

寒气森森，雪亮的刀光贴面而落，面前那架无人机被武士刀劈开，爆出了无数点火星。重甲的反应速度如果再慢上0.01秒，他也会像那架小无人机一样，被一刀劈成两半。

“嗒嗒嗒嗒……”另外两架无人机同时向来敌开火扫射。红影闪动，刀光再次亮起，空中再次爆出一团火星，又一架无人机被凌空劈落。重甲端平X1000，瞄准那团不断闪动的红影扣动了扳机。

随着一声爆响，那团红影终于跌落在地，重甲一枪打断了克隆体的右膝。断肢血如泉涌，美智子却毫不理会，狠狠地瞪着重甲，以刀拄地，挣扎着想要站起身来。

“美智子，住手吧，他们已经赢了。”一个苍老的声音在避难所深处幽幽响起。

重甲闻声抬头，前方的通道正对着一个大厅，欧文·肖就坐在大厅尽头的一张桌子后，面色安详地看着他。欧文博士仍是三年前的模样，秃顶白须，相貌和蔼，像极了一位德高望重的老教授。

美智子又狠狠地瞪了重甲一眼，拖着断肢向欧文爬去，所经之处，留下了一道长长的血迹。

眼前的情景让重甲心生怜悯，他放下手枪，缓步走进大厅，“欧文博士，我们又见面了。”

欧文嘴角浮出了一抹苦笑，“是啊，我们又见面了。”

大厅内气温很低，比上一层足足相差了十几度，让人略感不适。重甲环顾四周，但没有发现什么异常之处。

“你到底要做什么？”龙心兰出现在重甲身边，手中的X1000指着欧文的胸膛。几名跟随而来的队员也各自把枪口对准欧文和仍在挣扎爬行的三禾美智子，余下的队员则自行分散开，四处搜索。

欧文默默不语，低下头，满含爱怜地看着美智子。等到美智子爬到他身边，欧文才抬头道：“三年前计划失败后，我原本打算和美智子隐姓埋名，找一个与世隔绝的小岛，静静地生活下去，但是，人类再一次让我失望了。”

重甲不由问道：“失望？什么失望？”

欧文微微一笑，“猎户座太空移民计划。计划原本已经启动，却又被强行中止。人类有机会飞向太空，可惜，太多人眷恋地球这个安乐窝。”

“这和你利用基因病毒杀害人类有什么关系？”重甲满头雾水。

“有关系，而且关系很大。”欧文平静地看着重甲，淡淡地微笑着，“人类已经把地球搞得一团糟，却至今不知悔改。走向太空是延续人类文明唯一的出路，但是，人类自己斩断了那条路。”

“这和你使用基因病毒杀害人类有什么关系？”这一次，问话的是龙心兰。

欧文摇摇手，慢条斯理地说：“请听我慢慢解释，然后你们就能明白我的初衷。”

这老家伙是不是在拖延时间？重甲侧过头，悄悄向龙心兰使了个眼色，提醒她小心对方另施诡计。龙心兰会意地点点头，轻声说：“大家继续搜索，发现异常立即汇报。”

欧文忽视了重甲的小动作，继续说道：“这个世界上有太多庸人，又有太多自以为是的聪明人，权力和财富掌握在那些聪明人手中，而庸人们则只是随波逐流。贫富差距不可逆转，随着科技的加速发展，终将导致人类分化为两个不同的族群。”

贫富差距不可逆转？听到这句话，重甲心中微微一动。欧文说得是对的，事实上，人类已经分化了，上层精英和底层民众俨然就是两个不同的族群。重甲一直在下意识地回避对龙心兰的感情，归根到底，就是因为赏金猎手和女特工不属于同一阶层。

正在胡思乱想，欧文又补充道：“从古至今，人类世界始终是一盘散沙。整体大于个体之和。人类文明如果想延续下去，就要成为一个整体，而不是一盘散沙。不然的话，人类终将走向消亡。

“如果那些聪明人变得笨一些，不再那么自以为是，如果所有人类能够同心协力，人类这一族群才有希望发展壮大，才有机会飞向星空。”

愚者易于统治。让人类变得更笨一些，赵晓筱不就是如此？想到赵晓筱，重甲不由胸中一震，脱口道：“你想降低人类的智力？”

“你总算想到了。比较笨的人，才易于听取谏言。”欧文笑了，笑容中透着几分疲惫，“我反复试验变种基因病毒，就是想得到只损伤人类智力的亚种。人类不需要太聪明，他们只需服从智者的指引就够了。”

龙心兰冷冷地说：“那位智者就是你，对吧？”

“当然。”欧文肃然点头，“目前来看，唯有我才能担当指引人类的重任。所以我才让美智子冒险抢夺幸存者。想不到的是，你们竟然能追到这里来。”

指引人类？好大的口气！重甲也笑了，指指自己的鼻子，“这还要感谢你，你的亚种病毒没有杀死我，反而把我变成了一名超级战士。是我一路追踪，嗅到了你们的藏身之处。”

欧文愣住了，面色微微发白，目光中透着几分震惊，“怎么可能？我使用的是初级变异病毒！它只会杀死所有被感染者！”

重甲也愣住了，愕然道：“你说的是真的？”

欧文脸上的震惊渐渐褪去，双眼中转而浮出了一抹恐惧，喃喃道：“我明白了，是‘神之子’，他们在暗中帮助你们。”

“神之子？”龙心兰疑惑地瞟了重甲一眼，“你是说‘神之子’替换了你的初级变异病毒？”

“只有这一种可能。我曾和他们有过交易，用基因病毒交换克隆强化技术。”欧文低下头说道，“把‘神之子’牵涉进来，或许是我唯一的错误。”

不对，欧文在说谎。“神之子”成员洛根曾说过欧文给的是端粒修补技术，而他们给的是意识转移技术，从那以后，“神之子”就再没有和欧文有过任何交集。

重甲还未开口，龙心兰已经冷冷地说：“你以为我们会相信吗？李副局长和‘神之子’的成员见过面，‘神之子’声称是用意识转移技术来交换你们的端粒修补技术，根本没有提到基因病毒。”

欧文耸耸肩，苦笑道：“这种时候，我还有必要说谎吗？”

重甲轻蔑地笑笑，“你也认为人类是外星人的后裔？”

“是，但不全是。”欧文点点头，“我没有时间去探寻‘神之子’的根源，所以我特地把那本日记留给了你们，希望你们能从中得到线索，并继续追查下去。”

“外星人的后裔？”重甲缓缓摇头，“就凭你一个人，就妄想打破数十万年的人类进化史？你以为自己是什么？上帝？”

“不，我只是一个人。不过……”欧文笑了，笑容里带着几分显而易见的嘲讽，“不过，如果我告诉你，人类的进化史其实只有短短的一瞬间，你会相信吗？”

重甲再次摇头，轻蔑地笑笑，“你想说，人类是外星人的造物，对吧？我看过你留下的日记，但很抱歉，那些资料并不足以说服我。”

老者疲惫地笑笑，“和你一样，刚开始，我也不肯相信。”

“‘神之子’曾让我产生很大兴趣，为此我特地收集了许多资料，和他们合作的期间，我还获准去过‘神之子’的基地。

“他们告诉我，神灵在人类族群中留下了神的血脉，终有一天，拥有神之血脉的人将获准前往神之国度。最初，我认为他们不过是一群狂热的信徒，后来才发觉并非如此。可惜我未能打探出更多消息，就被他们送出了基地。”

重甲摇摇头，“你以为我会相信你的鬼话？”

欧文向重甲注目片刻，微笑道：“这个世界上有很多蠢材，也有很多自命不凡的傻瓜，但我认为，你并不是其中之一。”

“欧文，”一直靠在欧文腿边默默倾听的美智子忽然插口道，“不要解释了，他们不过是一群爬虫，根本不会理解我们。”

欧文低下头看着美智子，温柔地说：“亲爱的，再等一会儿吧，很快就好了。”

等一会儿？等什么？难道欧文确实在拖延时间？重甲正想再次提醒龙心兰，伊娃的声音忽然在终端机中响起，“重甲先生，欧文和三禾美智子的牙齿中都藏着一个胶囊，根据以前的情况，他们很可能要自杀。”

欧文听到了这句话，抬起右手，高高举起一个类似遥控器的玩意儿，上面只有一个红色的按钮，“不要企图阻止我们，不仅我们牙齿里装着吞噬胶囊，整间大厅都布满了吞噬胶囊，只要我轻轻一按，整个避难所就将化为乌有。”

难怪大厅内温度这么低，原来是为了保证吞噬杆菌不被激活。几名行动队员不约而同地后退一步，手臂微微颤抖。透过面罩，重甲看到了他们脸上的恐惧。

“但我不会那么干，我和美智子已经活的够久了，没必要让你们陪葬，就让我们两个静静地离开吧。”欧文微笑着放下手臂，看着重甲说，“我有种奇怪的预感，你，或许是人类的希望。”

说什么鬼话？重甲瞠目结舌。

欧文仰首向天，高声吟道：“斯人已逝，化作尘烟，看那石座上刻着字句：吾乃万王之王是也，盖世功业，敢叫天公折服！此外无一物，但见废墟周围，寂寞平沙空莽莽，伸向荒凉的四方……[1]”

“我们失败了，但不代表我们就是错的。再见了，龙心兰，端木重甲。”欧文俯下身，和美智子紧紧拥抱在一起。伴随着一阵刺耳的嗤嗤声，浓浓的绿雾随声飘起，他们的身体逐渐塌陷变形。

这就结束了？闹出这么大的动静，搞得全世界民众人心惶惶，就这么无声无息结束了？

重甲将X1000插回腰间，茫然之余，却又感慨万千。

① 此处引用雪莱的诗句，这里指艾伦·摩尔所著漫画《守望者》中的超级英雄奥西曼提斯（Ozymandias）。欧文的所作所为与奥西曼提斯颇有相似，此处引用，意在向这位漫画大师致敬。

终　章

重甲独自坐在游乐场边，默默地抽着香烟。不远处，穿着一身白裙的赵晓筱正在人工沙地里和七八个孩子嬉戏，不时发出欢快的笑声。沙子是细腻的石英砂，洁白如雪，远远望去，赵晓筱仿佛是在雪野中翩翩起舞的精灵。

孩子们大都只有七八岁，有两个甚至只有三四岁的模样，赵晓筱混迹于他们之中，居然毫无违和之感。

赵晓筱至今也没有记起她的父母，她把重甲当作了唯一的亲人，对他满怀依赖。对了，还有龙心兰，在赵晓筱心中，龙心兰是仅次于重甲的存在。每天她都会仰起脸，用那不带丝毫杂质的双眼看着重甲，认真地问："兰兰姐怎么还不回来？"

失去记忆的女孩把他们当作了一家人。重甲心弦颤动，感觉眼眶微微发热。家人，从阿梅离开后，他的生命中就没有了"家人"这个概念，如今，赏金猎手再次感觉到了"家人"的存在。

终端机的震动把重甲从遐想中拉回现实，重甲低头看看，电子屏上是龙心兰笑意盈盈的俏脸。

又有什么事？重甲犹豫片刻，接通了视频。

“你怎么一直不来星安局？”屏幕中的龙心兰秀眉微颦，带着几分薄怒。

重甲略微有点迷糊，“我还去做什么？”

龙心兰笑了，“李副局长并没有收回你的权限，目前来说，你还是星安局特别顾问。”

“案件不是已经结束了吗？”

“还没有完全结束。在欧文的地下基地，我们一共发现五个使用过的维生舱，但是，至今我们只消灭了四个克隆体。”

还有一个克隆体活着！重甲怵然一惊。

似乎看出了重甲的心思，女特工微笑着安慰道：“不用担心，伊娃已经在追踪她了，美智子逃不了多久。而且，我要说的也不是这件事。”

“又有案子了？”

“欧文说过，他用基因病毒和神之子交换了克隆强化技术，神之子手里也有基因病毒。”

“你能成为超级战士，或许就是神之子所为，但我们不清楚他们要用基因病毒来做什么。”

龙心兰收起笑容，严肃地说：“我们的下一个对手，就是神之子。”